시각 장애 아이들의
마음으로 찍은 사진 여행 이야기

손끝의 기적

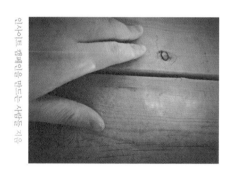

인사이트 캡페이을 만드는 사람들 지음

샘터

진정으로 무엇인가를 발견하고자 하는 여행은
새로운 풍경을 바라보는 것이 아니라 새로운 눈을 가지는 것이다.

_마르셀 프루스트

CONTENTS
차례

PART 2

감각을 깨우다

PART 3

다가가다

PART 4

들여다보다

PART 5

마주 보다

PART 6

멀리 보다

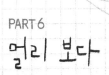

'사진'이란 언어로 들려주는 그들의 세상

요즘 사진을 찍지 않는 사람이 있을까? 몇 해 전부터 DSLR 열풍이 불더니, 이제는 모두 여느 카메라 부럽지 않은 고성능 카메라가 내장된 스마트폰을 손에 쥐고 다닌다.

일상에서 언제든지 사진을 찍어 순간순간을 기록하고 기억한다. 실시간으로 SNS에 올려 사람들에게 보여 주며 마음을 나누기도 한다. 그런데 이처럼 우리가 당연하게 여기는 생활의 변화와 일상의 재미에서 소외된 이들이 있다. 앞을 보지 못하는 이들이다.

처음 시각 장애 아이들에게 사진을 찍어 보자고 했을 때, 아이들의 반응은 보통 사람들이 생각하는 것과 크게 다르지 않았다.

"보지 못하는데, 무슨 사진?"

하지만 나는 '사진 예술이란 시력을 넘어서는, 상상력의 산물'이라 굳게 믿는다.

사람들은 대개 사진을 눈으로 찍는다고 생각하지만 꼭 그렇지만은 않다. 많은 예술가들이 시각뿐 아니라 다른 감각을 이용해 상상력으로 예술 작품을 만들어 낸다. 좋은 작품은 의식이 아닌 무의식에서 나온다.

나 역시 눈 외의 다른 감각에 의존하여 보이지 않는 것, 즉 현실에 존재하지 않는 것을 만들어 내는 작업을 계속해 왔다. 그래서 보이지 않는데 사진을 찍는다는 것이 내게는 전혀 이상한 일이 아니었다.

나는 때로는 춤을 추면서, 때로는 독특한 분장을 한 채로 내면 세계를 표출하는 실험적인 사진을 찍어 '춤추는 사진작가'라는 별명이 붙기도 했다. 사실 춤을 추면서 사진을 찍는다는 것에 의아해하는 사람들도 있을 것이다. 그런 것이 어떻게 가능할까? 상상력으로 찍는 것이다.

이번 여행을 함께한 시각 장애 아이들도 눈이 아닌 청각이나 촉각, 후각을 이용하여 사진을 찍었다. 이것 역시 불가능한 일이라 여길 수도 있다. 그러나 바로 이런 점 때문에, 나는 아이들이 피사체를 이해하고 교감할 수 있으리라 확신했다.

2012년에도 나는 시각 장애 아이들과 사진 여행을 다녀온 바 있다. 그 여행은 놀라운 경험이었고 큰 의미로 남았다.

아이들은 카메라를 눈앞으로 가져가지 않았다. 대신 귀 옆으로 들었다. 소리를 듣고 찍는 것이다. 그 포즈 자체가 예술이었다.

나는 아이들에게 구도도 포커스도 광선도 가르치지 않았다. 그저 숲으로 데려가 이것이 숲의 향기라고, 바닷가로 데려가 이것이 파도의 소리라고만 일러 주었다.

눈이 보이지 않는 아이들이 사진을 찍기 위해 필요한 기술이란 카메라 버튼을 누르는 사소한 손짓뿐이었다. 단 하나 내가 알려 준 것이 있다면, 사진으로 이야기를 할 수 있다는 것이다.

이렇게 함께 여행하며 나는 아이들에게서 많은 예술적 영감을 얻었다. 그들은 나에게 마음의 눈을 선사했고, 나는 그들에게 사진이라는 또 하나의 언어를 선물했다.

특히 '신나라'라는 아이가 기억에 많이 남았다. 아직도 마음을 많이 열지 못하는 나라에게 더 많은 세상을 알게 해주고 싶었다. 그래서 2013년 또다시 나라, 그리고 나라와 함께 공부하는 한빛 맹학교의 친구들을 모아 두 번째 여행을 떠났다. 3박 4일 동안 마음껏 사진을 찍었고, 셔터 소리가 늘어날수록 아이들의 마음도 차츰 열리기 시작했다.

여행이 끝날 무렵, 나라가 "보지 못하는 우리에게, 이런 기회를 줘서 고맙습니다"라고 이야기했다. 그때 나는 오히려 아이들에게 미안한 마음이 들어 눈물이 났다.

시각 장애 아이들이 사진을 찍는다는 것은 장애를 극복하는 일종의 인간 승리가 아니라, 그저 교양 행위이자 예술 행위이다. 나는 이 아이들이 사진을 찍어 보겠다고 나선 그 순간, 이미 그들을 예술가로 불렀다. 어떤 고정관념을 넘어서는 것, 그리고 '쓸데없는 짓'이라고 여기던 일에 대해 새로운 의미를 부여하는 것 자체만으로 그들은 이미 예술가인 것이다.

이 여행은 아이들에게 사진을 가르치기 위해 떠난 여행이 아니었다. 선행이나 봉사를 위한 여행은 더더욱 아니었다. 그저 아이들과 더불어 작업하러 여행을 떠난 것일

뿐. 우리는 즐거웠고 재미있게 놀았다.

시각 장애 아이들이 여행에서 찍은 사진들, 그들이 느낀 세상은 우리가 본 세상과 조금 다르다. 그들이 찍은 사진은 우리가 늘 찍고 보던 '인증샷'의 차원을 넘어선다. 그들이 '사진'이라는 언어로 들려주는 세상을 여러분도 함께 느껴 보길 바란다.

2014년 1월

강영호

제3의 눈,
카메라를 만나다

ⓒ장영호

아이들이 카메라를 들었다.

세상의 모든 것을 보고 싶은 마음으로.

하지만 아이들은 뷰파인더를 보지 않는다.

알고 보니 모두 앞을 보지 못하는 시각 장애를 가졌다.

뿌옇고, 온통 캄캄한 세상 속에 사는 아이들이

도대체 어떻게 사진을 찍을 수 있을까?

만연하는 이미지의 홍수 속에서 살아가고 있는 사람들. 대부분의 사람은 '시각'을 가장 지배적인 감각으로 사용한다. 그러나 여기, 시각 아닌 다른 감각을 통해 세상을 보는 여섯 명의 아이들이 있다.

서울 강북구 수유동의 한빛 맹학교. 한창 수업이 진행 중인 한 교실에는 공책을 대신한 점자판이 있다. 그리고 조용히 눈을 감고 수업 내용에 귀 기울이는 시각 장애 학생들. 수업이 끝나면 학생들은 생각보다 참 많은 것을 한다. 보지 못하면 아무것도 할 수 없을 거라고 생각하는 사람들이 많다. 하지만 이들을 보는 순간 그런 고정관념은 단번에 깨진다.

고등학생 성희와 범빈이는 셀프 카메라를 찍고 있다. 초등학교 3학년인 소정이는 악보 없이도 피아노 연습을 한다. 한편, 운동장에서 하얗게 쏟아지는 눈을 맞고 있는 고등학교 1학년, 나라. 가만히 보니, 카메라로 눈을 찍고 있다. 나라는 답답하거나 기분 전환하고 싶을 때 카메라를 든다고 한다. 분명 잘 보이지 않을 텐데 말이다.

운동장 한쪽에서 축구를 하는 아이들도 있다. 골키퍼를 맡은 정완이는 공을 썩 잘 막는다. 보이지 않는데 어떻게 막는 것일까?

"공 굴러가는 소리를 듣고 막아요."

한구석에 고개 숙인 종서가 보인다. 이 왁자지껄한 운동장에서 홀로 조용히 서 있는 종서는 눈 오는 날의 풍경 소리를 녹음기에 담고 있다.

이렇게 여섯 명의 아이들은 오늘 함께 교문 밖으로 나들이를 간다. 방과 후, 여섯 아이가 찾아가는 곳은 어디일까? 홍대 부근에 위치한 강영호 작가의 사진 작업실이다.

시각 장애인이 사진을 찍는다니……. 아이들 스스로 많은 의문을 품었지만 강영호 작가는 확신을 가지고 있었다. 사실 강영호 작가는 시각 장애 아이들과 떠나는 사진 여행이 처음이 아니다. 2012년 제주도 여행에 이어, 이번에는 여섯 아이들과 강원도로 가는 두 번째 사진 여행을 준비한 것이다.

강영호 작가가 아이들에게 말했다.

"여러분은 특별히 선발된 예술단입니다. 스스로를 작가라고 생각해요. 예술가라고 뻔뻔하게 생각하라고. 소정이 알았어? 이소정 작가! 대답해야지!"

사진을 찍기도 전에 작가가 된 아이들.

여행 전에 카메라 조작법을 배우고 어디로 갈지도 함께 정했다. 강릉으로의 3박 4일 여행. 감각으로 찍어야 하기 때문에 청각과 후각 그리고 촉감이 풍부한 곳, 산과 바다를 동시에 볼 수 있는 곳으로 정했다.

드디어 여행 당일. 대학생 자원봉사자 여섯 명이 아이들의 여행을 돕기로 했다. 엄마들의 배웅을 뒤로하고 드디어 출발한다.

과연 아이들은 이번 여행의 의미를 찾을 수 있을까?

소리에 의존하는 아이들에게 사진은 무슨 의미가 있을까?

아이들은 과연 어떤 사진을 찍고 싶을까?

그렇게 여섯은 지금, 익숙한 학교 울타리 밖을 나선다.

인사이트 캠페인을 만드는 사람들

INTRODUCE

여섯 아이들을
소개합니다!

ⓒ강영호

신나라

17세 소녀 나라는 태어날 때부터 컴컴한 세상에서

부모도 없이 섬처럼 자랐습니다.

어둡고 험난한 세상을 홀로 버티느라 단단하게 마음을 닫은 나라에게

세상을 보고 소통할 수 있는 눈이 생겼습니다.

바로 카메라입니다.

가끔 답답할 때면 옥상에 올라가 하늘을 찍어 보곤 하는 나라.

나라의 렌즈 안에 담긴 세상은 어떨까요?

©강영호

임성희

17세 소녀 성희는 열한 살 때 뇌종양 수술을 받은 후 부작용으로
시력 저하 증상이 나타났습니다.
현재는 형태만 간신히 구분하는 정도. 잔존 시력이 있지만
오래 보면 머리가 아파서 청각과 촉각에 의존해서 생활합니다.
시력이 급작스럽게 나빠진 뒤,
성희가 가장 마음이 아픈 건 친오빠와 멀어진 것입니다.
오빠와 함께 자전거를 타며 즐거웠던 그 시절이 그립습니다.

이소정

9세 소녀 소정이는 선천적인 시각 장애를 안고 태어났습니다.
희미한 형체만 구분하는 소정이는 동물들이 어떻게 생겼는지,
사람들은 어떤 얼굴을 하고 있는지 궁금한 것투성이입니다.
하나님이 선물한 세상은 모두 아름다울 거라고 말하는 아이.
드럼과 피아노를 배우며 음악가를 꿈꾸고 있습니다.

김종서

14세 소년 종서는 돌이 되기도 전에 안과 수술을 받았고
여섯 살 무렵까지는 저시력을 간신히 유지하다가 그 후 완전히 빛을 잃었습니다.
소리에 관심이 많아 녹음기와 노트북으로 바람, 새, 물소리 등을
녹음해서 듣는 것이 취미입니다.
장래희망도 소리와 관련된 일, 바로 성우입니다.
문득문득 종서는 엄마의 얼굴이 보고 싶습니다.
희미하게나마 시력이 남아 있을 때 본 엄마의 얼굴이
이제는 통 떠오르지 않아 답답합니다.

©강영호

이범빈

18세 소년 범빈이는 정상 시력이었지만 중학교 3학년 무렵에
'레버씨 시신경 위축증'이라는 희귀병에 걸려 시력을 잃었습니다.
한창 예민할 나이에 빛을 잃어 세상을 향한 원망과 상처가 컸지요.
그러다 종교를 통해 마음의 안정을 얻고 밝은 모습을 되찾았습니다.
하지만 누군가에게 도움을 받아야 하는 상황이 아직도 부담스럽기만 한
범빈이는 자신도 누군가에게 도움이 되고 싶어 목회자를 꿈꿉니다.
자신처럼 실의에 빠진 사람에게 용기를 주고 싶기 때문입니다.

©강영호

김정완

15세 소년 정완이는 선천성 시각 장애를 갖고 있지만
가까이에서 보면 형태나 색깔을 선명하게 구분할 수 있습니다.
야구를 좋아해서 야구공이 날아가는 것을 한번 보고 싶지만
너무 빨라서 잘 볼 수가 없습니다.
스포츠 마니아라 체육 교사가 되는 것이 꿈입니다.
보이지 않아도 가르칠 수 있다면,
그런 것이 도전이라고 말하는 당찬 아이입니다.

PART 1

세상을 담다

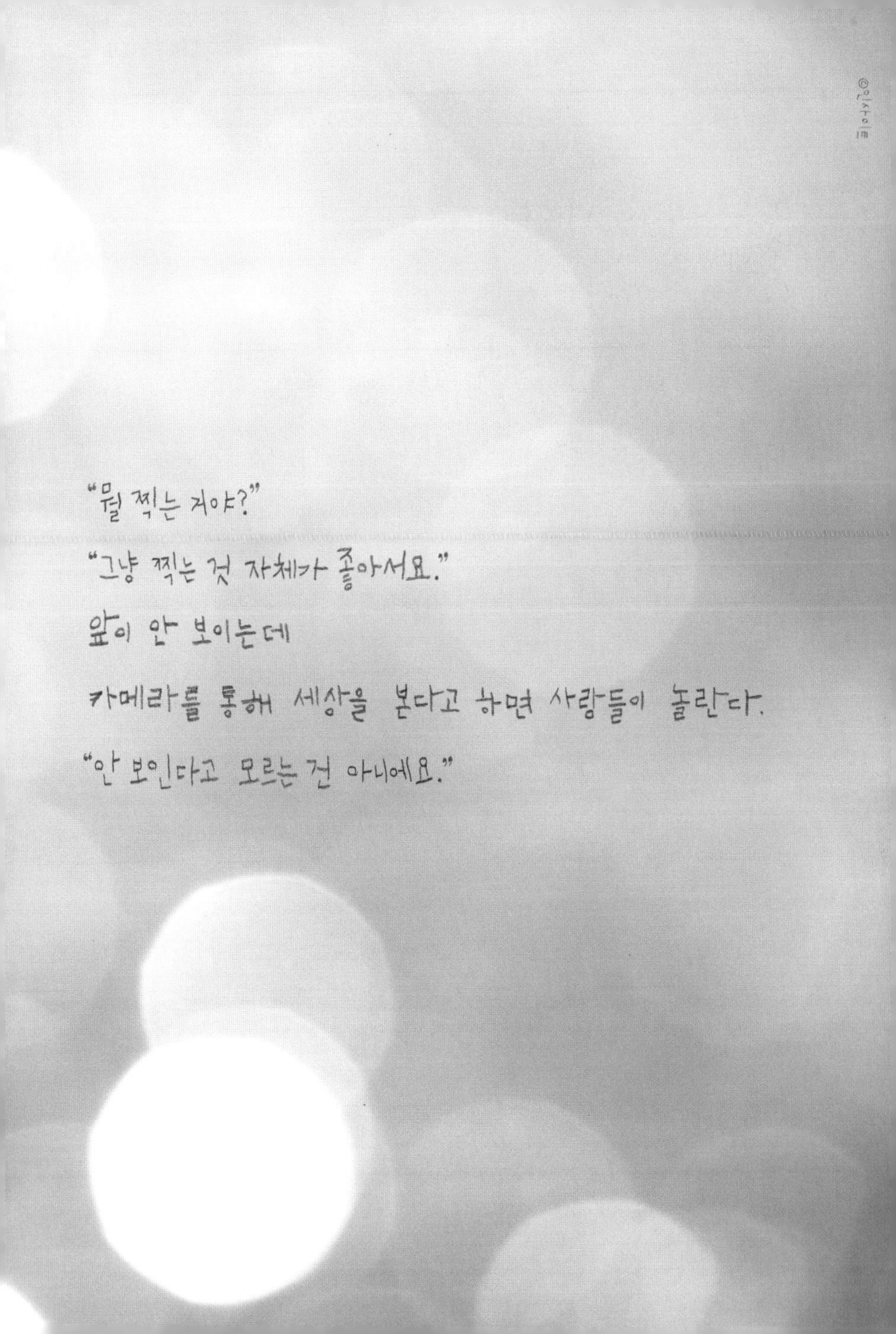

"뭘 찍는 거야?"

"그냥 찍는 것 자체가 좋아서요."

앞이 안 보이는데

카메라를 통해 세상을 본다고 하면 사람들이 놀란다.

"안 보인다고 모르는 건 아니에요."

©인사이트

기지개를 펴다

웅크리고 있던 아이들이 몸을 쭉 폈다.

세상을 보고 싶어, 아니 느끼고 싶어 걸음을 내디뎠다.

삼척의 해안선을 따라 바람과 속도를 느끼며 사진 여행을 떠났다.

바다와 철길, 그리고 페달이 있는 곳에서의 촬영과 체험.

세상을 만나고 나를 재발견하며 타인과 소통하는 여행이 시작된다.

아직은 의문으로 가득 한 채

보이지 않는 아이들에게 카메라가 쥐어졌다.
보는 대신 소리로 바다를 담아낸다.
아이들은 상상한다. 촉감으로 느낀 것을.
볼 수 없는 아이늘이 어떻게 사신을 씩을//까?
그 의문에 여섯 아이들은 어떻게 대답할까?

ⓒ인사이트

카메라로 보는 세상

©인사이트

3박 4일 동안 함께 지낼 숙소에 도착해 짐을 풀었다. 아이들이 여행할 동안 도움을 줄 자원봉사자들과도 이야기를 나누었다. 막내 소정이는 침대를 만지더니 바로 올라가서 트램펄린을 타듯 뛰며 놀기 시작했다. 숙소는 천장이 높아 소정이가 힘껏 뛰어도 머리가 천장에 닿지 않았다. 처음에는 조심스레 뛰던 소정이가 아무리 뛰어도 머리가 닿지 않자 천장이 없는 집이냐며 신기해했다.

나라는 창문을 열고 손이 가는 대로 사진을 찍기 시작했다.

"뭘 찍는 거야?"

"그냥, 찍는 것 자체가 좋아서요."

나라는 대상을 찍는 것에 얽매이지 않았다. 보이지 않으니 얽매일 필요도 없었다. 그저 손을 뻗어 셔터를 누르는 행위 자체를 즐기고 있었다. 나라에게는 결과물보다 과정이 더 즐겁고 소중한지도 모른다.

똑같은 행위를 해도 사람들은 저마다의 의미를 갖고 있다. 누군가에게는 사진을 찍는 것이 경건한 기도 같은 일일 수도 있고, 또 누군가에게는 즐거운 스포츠나 오락 같은 일일 수도 있다.

옆방에서는 정완이가 거울을 만지고 있었다. 정완이는 자신이 못생겼다고 생각해 거울이 싫다고 했다. 그러더니 능숙하게 카메라를 들고 셀프카메라를 찍기 시작했다.

아이들은 카메라를 들고 주변 풍경들을 찍어 댔다. 아무런 주저 없이, 거리낌 없이 자유롭게 셔터를 눌렀다. 땅을 향해, 하늘을 향해 마음껏 셔터를 눌렀다. 이 아이들이 카메라를 통해 세상을 본다고 하면 사람들은 놀란다. 그게 그렇게 이상한 일일까? 나라가 나지막이 말했다.

"안 보인다고 모르는 건 아니에요."

©신나라

터널

사진, 새로운 세상을 열게 해준 통로.
그동안 무언가를 기억하기 위해서는
만지고 느끼는 수밖에 없었다.
그러나 이제,
사진을 찍어 기억을 저장한다.

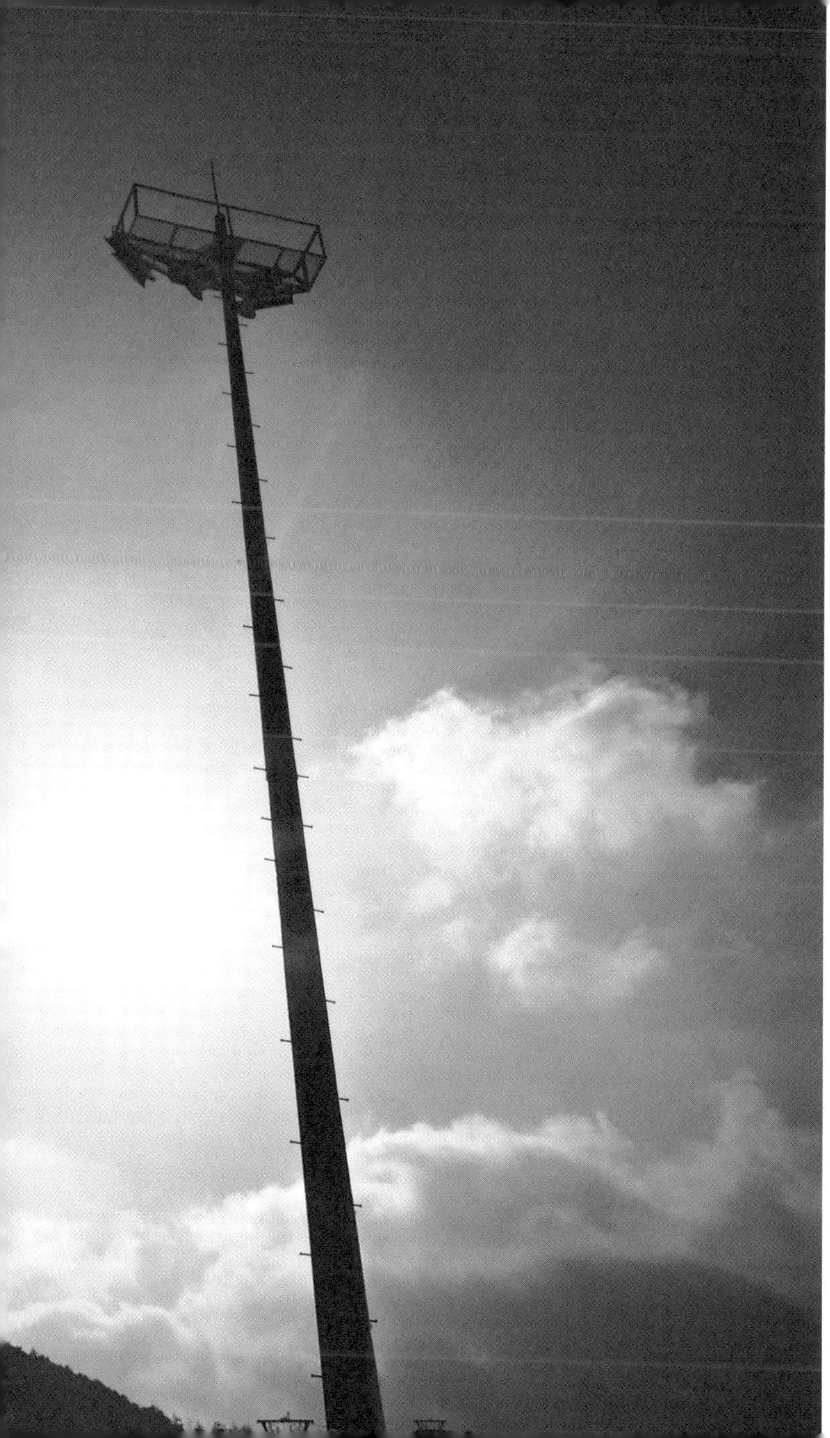

©임성희

세상과 관계를 맺다

©신나라

아침이 밝자 하루의 여정을 위해 모두가 분주해졌다.

참 많은 사람들이 이 여행에 함께하고 있다.

강영호 작가와 여섯 명의 아이들

그리고 그림자처럼 아이들을 돕는 자원봉사자들까지.

사진을 찍으며 아이들은 다른 세상을 접하기 시작했다.

세상의 일부분을 찍고 기록에 남기면서 비로소 자신도 세상의 일부임을,

세상과 관계 맺고 있음을 느낀다.

이번 여행은 아이들에게 더 많은 세상을 느끼게 해줄 것이다.

그리고 아이들은 자신만의 시각으로 본 세상의 모습을 우리에게 보여 줄 것이다.

발걸음

한 걸음 한 걸음이 조심스럽다.
세상을 향해 내딛는 소통의 첫발이다.

©임성희

45

©신4리州

안녕, 바다

©임성희

사람처럼 바다에도 표정이 있다.

물살과 파도가 만들어 내는 다양한 모양과 색깔들을

아이들은 성실하고 진지하게 카메라에 담았다.

바다와 나누는 정중한 인사였다.

© 이범민

© 이범민

48

©임성희

49

카메라, 새로운 도구

©인사이트

시각이라는 도구를 잃었지만

카메라라는 도구를 얻은 아이들은

볼 수 있는 우리보다 더 많은 것을 보았는지 모른다.

눈에 보이는 세상보다 더 아름다운 세상을 포착해 보여 주었다.

보이지 않는 미학

때로는 다 보여 주는 것보다 일부만 보여 주는 것이 상상력을 자극한다.

보이지 않는 부분은 실제보다 아름다워질 수 있다.

아이들이 찍은 사진을 보며 찍히지 않은 부분을 상상하게 된다.

©임성희

아이들이 그랬듯이 눈을 감고 그 순간을 상상하며

프레임 밖에서 무슨 일이 벌어졌을지 느껴 보는 것이다.

우리가 잊고 있었던, 보이지 않음의 미학을 아이들의 사진으로 배운다.

빛이 쏟아진다

빛을 잃은 아이들은 카메라의 뷰파인더를 통해 원 없이 빛을 흡수했다.

빛은 렌즈를 통해 세상을 똑같이 혹은 왜곡되게 복사했다.

빛과 그림자가 교차하며 만드는 어지러운 세상.

빛의 온기는 아이들을 감싸고, 카메라를 통해 아이들의 마음속으로 침투했다.

이제 아이들 자체가 빛이 되어 눈꽃처럼 세상을 뒤덮는다.

©인사이트

©임성희

수평과 수직 그리고 사선

수평과 수직이 교차하는 세상.

바닷가에서 수평의 온화함을, 대나무 숲에서 수직의 강직함을 느꼈다.

수평은 열려 있는 듯했으나 파도가 밀려와 막았고

수직은 닫혀 있는 듯했으나 그 위로 높은 하늘이 열려 있었다.

바닷가에서는 지평선과 나란히 누워 있었고

대나무 숲에서는 대나무처럼 꼿꼿하게 서 있었다.

그런데 또 하나, 사선이 있었다.

사선으로 이리저리 움직이는 갈대밭.

수평과 수직을 연결하는 사선처럼

아이들도 시각과 비시각의 세계를 연결하는 메신저가 아닐까.

©임성훈

온 누리를 재료 삼아

©임성희

이 세상은 수많은 재료로 넘쳐나는 예술의 장이다. 그리고 아이들은 모두 예술가다. 온몸으로 세상의 에너지를 받아들여 카메라에 투영하는 행위 예술가이며 사진작가다. 아이들이 찍은 사진은 바로 아이들과 세상의 합작품이다.

좋아요!

신나라
2013년 12월 11일

철썩철썩 파도 소리 들리죠?! 헤헤

👍 좋아요   💬 댓글 달기   ➤ 공유하기
22명이 좋아합니다.

황혜정 멋있어요!
2013년 12월 20일 오전 10:24

이한빛 파도 소리! 들려요~~! :)
2013년 12월 19일 오후 3:32

Song Mihee 파도가 움직이는 게 보여요! ㅎㅎ
2013년 12월 16일 오후 10:10

이지연 오, 정말 사진에서 파도 소리가 들려요! 파도 소리를 들으면서 파도치는 것을 마냥 멍하니 보기만 했었는데 생각해 보니깐 저때 소리가 철썩하는 것 같아요. 그 순간을 이렇게 정적으로 보니깐 새로워요~
2013년 12월 14일 오전 12:28

서애리 어딘가…
2013년 12월 13일 오후 3:51

김아롬 파도 정말 신비스러워요!
2013년 12월 12일 오전 11:05

김혜수 금방이라도 초록빛 파도가 쏟아질 것 같아요. 파란 풋사과 냄새가 날 것 같은 예쁜 파도네요.
2013년 12월 12일 오전 8:45

김수영 익사이팅!!!
2013년 12월 11일 오후 9:40

표가은 크레파스로 칠해 놓은 것 같아요~예쁩니당~
2013년 12월 11일 오후 4:57

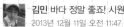
Lee Kyoung Joo 들어오려는 세력과의 힘겨루기
2013년 12월 11일 오후 2:35

김민 바다 정말 좋죠! 시원하게~
2013년 12월 11일 오전 11:47

강성진 대박… 너무 이뻐요. ^^
2013년 12월 11일 오전 11:42

이서호 파도의 물방울 알갱이까지 느껴지는 사진이네요.
2013년 12월 11일 오전 11:27

이범빈
2013년 12월 1일

정완이가 잡은 물고기!

👍 좋아요　　💬 댓글 달기　　↗ 공유하기

20명이 좋아합니다.

Sook-Hee Hwang 보지 않고도 이렇게 생동감 넘치는 사진을 찍을 수 있다니 그저 놀라울 따름.
2013년 12월 17일 오전 12:18

이하영 물고기랑 파란 바다와 하늘 정말 느낌 있는 사진!!
2013년 12월 16일 오후 7:38

김민 월척!
2013년 12월 11일 오전 11:53

Hyejin Kim 우와! 잘 찍었당!!
2013년 12월 9일 오후 12:49

김아롬 순간 펭귄인가 했다는…ㅋ
2013년 12월 5일 오후 2:59

Hosun Ahn 우와~~ 이 정도면 월척이죠?^^
2013년 12월 2일 오후 10:44

이희민 물고기 뒤에 있는 바다도 니무 이쁘요. ^^
2013년 12월 2일 오후 10:03

강성진 느낌 good
2013년 12월 2일 오후 6:34

이주희 월척을 잡으신 듯… 손으로 느끼는 물고기 느낌이 살아 있어요.
2013년 12월 2일 오후 5:22

이윤희 우와! 멋져요. 정말 큰데요~
2013년 12월 2일 오후 2:49

송교일 하늘을 날고 싶어 하는 광어? 잡았다기보다는 물 위에 뛰어오르는 모습 같아요.
2013년 12월 2일 오후 2:31

임지환 꽤 큰 물고기네요. ^^
2013년 12월 2일 오전 10:41

Raam Kim 대박
2013년 12월 2일 오전 9:17

이서호 우와 ㅋㅋ 잡은 게 무슨 물고기예요?
2013년 12월 1일 오전 9:59

* 이 지면은 여섯 아이들이 여행 중 찍은 사진들을 실시간으로 인사이트2 캠페인 페이스북(www.facebook-insight2.com)에 올려 온라인상에서 사람들과 소통한 내용으로 구성되었습니다.

감각을 깨우다

아무것도 찍히지 않았으면 어떡하지?

흔들리진 않았을까?

처음에는 걱정 많던 아이들이

두려움을 떨치고

자신의 감각을 믿기로 했다.

©인사이트

보려고 하지 않아도 돼

아이들 중에는 전맹(全盲)도 있지만
흐릿하게나마 형태를 볼 수 있거나, 색깔을 구분하고 빛 감지가 가능한
저시력을 갖고 있는 아이들도 있다.
그러나 강영호 작가는 저시력 아이들에게도
시각에 의존하지 말고 사진을 찍으라고 주문했다.
보지 않고 뭘 어떻게 찍으라는 걸까?

나만의 방식으로

주변 풍경을 설명해 주었지만 아이들은 자기만의 방식으로 사진을 찍는다.

눈을 대고 찍는 아이도 있고 감각에 의존해 찍는 아이도 있다.

귀에 대고 코에 대고 가슴에 대고…….

상식을 벗어난 포즈가 마치 예술적인 퍼포먼스 같다.

보통 사람들은 그저 보이는 대로 찍지만

아이들은 마음이 바라보는 방향으로 찍는다.

눈에 보이는 것이 전부가 아니다.

세상을 받아들이는 독특한 태도,

아이들은 그것을 가지고 있다.

©인사이트

소리 축제

바다는 수많은 소리들이 존재하는 곳이다.

청각으로 사진을 찍기에 이만한 장소가 없다.

아이들에게는 모든 것이 새로운 경험이고 신선한 소리일 것이다.

강영호 작가가 설명했다.

"바다에 나가면 여러 가지 소리가 날 거야. 갈매기 소리, 파도 소리,

바람 소리……. 소리가 굉장히 많아. 오늘 그 소리들을 찍는 거예요."

©인사이트

©인사이트

기도하듯이

아이들이 사진을 그냥 찍는 것 같지만 실은 매우 신중하게 찍는다.

종서는 기도하는 듯한 자세로 사진을 찍었다.

보이지 않는 절대자와 교감하듯 눈을 감고 카메라에 에너지를 모았다.

종서가 찍은 사진은 신이 보내 준 응답과 같을 것이다.

소리에 귀 기울여, 그 소리를 시각적인 매체로 잡아낸 세상의 일부.

상상의 나래를 펼쳐 봐

보이는 이들은 보통 시각을 통해 형상을 만들어 낸다.

하지만 보이지 않는 이들은 청각, 후각, 촉각 등을 통해 형상을 만든다.

들리는 것, 느껴지는 것을 시각적으로 보여 준다.

더 창조적이고 풍부한 상상력의 세계다.

나만의 감각

바람 소리와 파도 소리가 바다와 하늘의 푸른 공간을 가득 채웠다.

아이들은 소리를 카메라에 담았다.

아무것도 찍히지 않았으면 어떡하지? 흔들리진 않았을까?

처음에는 걱정 많던 아이들이 이제 두려움을 떨쳤다.

자신의 감각을 믿기로 했다.

온몸의 감각을 깨우면 볼 수 있다는 것을

아이들은 차츰 깨달아 갔다.

©신나라

소리로 그려 보는 세상

©신나라

삼척의 명물이 된 해양 레일바이크.

해안선을 따라 소나무를 끼고 도는 풍경이 아주 멋진 곳이다.

아이들은 달리자마자 사진을 찍기 시작한다.

나뭇잎들이 부딪히는 소리에 소나무 숲인 것을 알고,

목소리가 울리자 터널인 것을 안다.

소리로 공간의 특색을 알아내는 아이들.

그래서 아이들은 때때로 시각 장애를 가졌다는 것을 잊게 만든다.

보고 싶은 것만 볼 순 없다는 걸

ⓒ 박성우

속이 보이지 않는 박스 안에 손을 집어넣으라고 하면 대부분의 사람이 두려워
할 것이다. 별것 아닌 감촉이나 소리에도 소스라치며 놀라게 된다. 안에 든 것
이 무엇인지 아는 사람들은 그런 모습을 비웃을지도 모른다. 하지만 보이지 않
는다는 것은 그토록 두려운 일이다.

한편 보이기에 더욱 두려운 것도 있다. 사랑하는 이의 늙어 가는 모습도, 심기
가 불편한 듯한 상대방의 미묘한 표정도 우리를 두렵게 한다.

눈을 감아 버리고 싶을 때도 있다. 보이는 것을 애써 보고 싶지 않을 때도 있다.
눈이 나쁜데 일부러 안경을 쓰지 않을 때도 있다.

어쨌거나 볼 수 있는 사람이든, 볼 수 없는 사람이든 이것 하나만은 똑같다.

보고 싶은 것만 볼 순 없다는 것.

그래서 우리는 두려움에 맞서는 법을 배운다.

환상의 세계로

주문진에서 크루즈에 탔다.

이 배는 빛의 축제가 열리는 환상의 세계로 아이들을 데려다 줄 것이다.

마치 우주선처럼 밝은 빛으로 아이들을 반기는 크루즈가

비현실적으로 보이기까지 했다.

©임성희

찰나의 불꽃을 기억하며

동해의 겨울 밤바다를 조용히 항해하는 크루즈 여행에서
마지막 하이라이트인 불꽃놀이가 진행되었다.

장대한 폭죽 소리와 화려하게 퍼지는 불꽃들이
빛의 형태로만 느껴지는 아이들은
무척 신기해하며 연속해서 셔터를 눌러 사진을 찍었다.

찰나의 화려한 아름다움을 잡고 싶기라도 한 듯.

'펑!' 하고 나타났다 서두르듯 사라지는 불꽃들은
사진에 담기는 순간 영원해진다.

행복 또한 짧지만 길다.

잠깐의 행복이 오랜 시간 우리를 지탱하기 때문이다.

한순간의 희열로도 사람은 평생을 살 수 있다.

©김정환

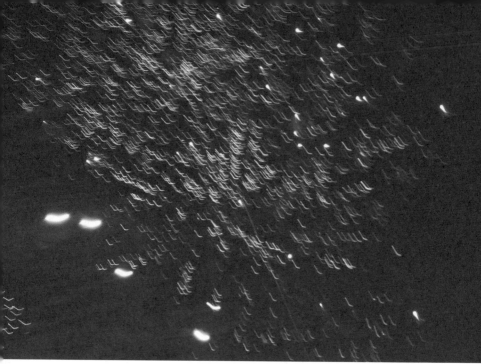

©김종서

불꽃, 터지다

형형색색의 불꽃들이 하늘에 온갖 무늬를 만들어 냈다. 까만 하늘을 도화지 삼
아 그림을 그리는 불꽃들.

처음에는 하늘에서 울리는 폭죽 소리에 폭탄이 터지는 줄 알고 무서워한 아이
도 있었다. 그런데 계속 듣다 보니 가슴이 뻥 뚫리는 듯 시원해졌다고 한다. 그
리고 이내 따뜻한 느낌이 몸을 감쌌다. 불꽃이 터지며 아이들이 가슴 깊숙이 숨
겨 놓았던 그 어떤 슬픈 기억이나 감정도 함께 터졌는지 모른다. 아름다운 일순
간의 환희만 남겨 놓은 채 모두 사라졌기를.

폭죽을 즐기는 법

폭죽은 지극히 볼 수 있는 이들을 위한 것인지도 모른다.

볼 수 없다면 요란한 소리와 화약 냄새만이 남는다.

그러나 아이들은 빛의 확대와 축소를 통해 불꽃놀이를 느끼고 있다.

폭죽이 터지는 소리로

불꽃이 언제 터져서, 어디쯤 있는지 직감했다.

보이지 않아도 괜찮다.

환한 세상이 펼쳐질 때

소정이는 태어날 때부터 앞이 보이지 않았다. 세상을 본 적이 단 한 번도 없다.

하지만 빛이 환한 것은 보인다. 폭죽이 터질 때 소정이는 몹시 기뻐했다.

밝고 환한 세상이 펼쳐졌으므로.

비처럼 내리는 불꽃

성희는 불꽃놀이 사진을 가장 정성 들여 찍었다.

숨죽이며 긴장하고 있다가 찍어야 하기 때문이다.

불꽃 모양이 자세히 보이지는 않았지만 터지는 소리가 들리고 불빛이 보였다.

비가 오는 것처럼 쏟아지는 불꽃들.

머릿속으로 상상은 했지만 불꽃의 향연을 볼 수는 없었다.

그렇다고 해서 답답하진 않았다.

"그게 나의 현실이니까. 불빛이 보이는 것만으로 감사해요."

눈으로 봐야만 예쁜 사진이 나오는 건 아니다.

누가 찍어도 불꽃은 그 자리에, 그 시간에 있다.

©임성희

온몸으로 느껴요

막내 소정이도, 큰오빠 범빈이도 선상의 불꽃놀이에 신이 났다.

이 멋진 광경을 직접 볼 수 있다면 더 좋지 않을까?

그건 어쩌면 편견일지도 모른다.

아이들은 저마다의 감각으로

이 여행을 찬란하게 즐기고 있으니까.

감사해요

안 보이는 게 답답하지 않느냐는 질문에 종서는 "익숙해서"라고 답했다.
"참 감사하단 생각도 들어요. 다른 장애가 아니라 시각 장애만 가졌다는 게 말
이에요. 소리로 듣고, 느낌으로 찾고, 만지면서 카메라 셔터를 누르는 게 좋았
어요."

어디에도 얽매이지 않고

©시나리

나라는 조용하고 차분하게 사진을 찍었다. 광대한 자연은 인간을 겸허하게 만
든다. 추웠던지 목도리를 둘렀지만 거센 바람조차 달콤했다.

나라는 카메라를 얼굴에 가까이 대지 않는다. 빛이 느껴지기 때문이다. 뭔가 막

©신나라

혀 있는 듯한 느낌이 들어 답답하다고도 했다. 그래서일까? 나라가 사진을 찍는 모습을 보면 자유로워 보인다. 카메라에도 대상에도 얽매이지 않고 자유롭게 세상을 조각내어 카메라 속에 담는다.

©신4라

손끝으로 본 세상

©신사라

"사진을 찍는 우리는 볼 수 없지만 다른 사람들이 볼 수 있잖아요."

성희가 말했다. 사진을 찍으면 누군가가 본다는 생각을 갖고 열심히 찍을 거라고. 시각 장애 아이들에게도 사진은 언어다. 볼 수는 없지만 그들이 알고 느낀 세상에 대해서 우리에게 보여 줄 수 있다. 그들이 들은 것, 그들이 맡은 것, 그들이 만진 것을 우리와 함께 나눌 수 있다.

소통은 그런 것이다. 서로 다른 세계를 공유하는 것. 보이지 않는 세상의 감각이 안일한 우리의 감각을 일깨운다.

좋아요!

 이소정
2013년 12월 2일

솔잎들이에요!!!@!

👍 좋아요　　🗨 댓글 달기　　➤ 공유하기

17명이 좋아합니다.

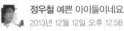 **정우철** 예쁜 아이들이네요.
2013년 12월 12일 오후 12:58

 김민 돌멩이와 솔잎 그리고 솔방울!
2013년 12월 11일 오후 12:00

 채영롱 역시 마음으로 보고 찍는 사진이 가장 멋진 것 같아요.^^ 납작납작한 돌과 동글 뾰족 솔방울, 솔잎들이 멋지게 어우러진 사진이네요. 셔터 소리까지 들리는 것 같아요.^^
2013년 12월 11일 오전 9:34

 Lee Kyoung Joo 솔잎과 돌멩이의 땅따먹기~♥
2013년 12월 6일 오후 5:07

 이애교짱 솔잎 사진 좋아요~~~
2013년 12월 3일 오전 9:55

김종서
2013년 12월 1일

갈대 밟는 소리

👍 좋아요　　🗨 댓글 달기　　↗ 공유하기
26명이 좋아합니다.

 임성희 와, 제목이 '갈대 밟는 소리.' 진짜 엄청난 사진이
네요.
2013년 12월 11일 오후 8:22

 Oh Seul Hwang 사진을 소리로 표현한다는 게 당연한
듯하면서 신선하네요.
2013년 12월 9일 오후 7:25

 Suehee Lee 사진을 보는 순간 갈대 밟는 소리가 들렸
어요. :)
2013년 12월 8일 오후 3:34

 강신자 튼튼한 두 발로 온 누리를 누벼 봐요.
2013년 12월 3일 오전 11:12

 김연하 갈대 밟는 소리 저도 느껴 보고 싶어요.
2013년 12월 3일 오전 12:13

 Hosun Ahn 갈대 밟을 때의 소리를 사진으로 전해 준
생각을 하다니… 저도 다음에 소리를 담는 사진 따라해
보고 싶네요.
2013년 12월 2일 오후 10:34

 강문정 사각사각~~ 그런 소리가 날 것 같네요.
2013년 12월 2일 오후 7:18

 홍선희 갈대 밟으면서 무슨 생각을 했을까 궁금해요.
2013년 12월 2일 오후 4:40

 김태은 사진이 분위기 있고 좋으네요.
2013년 12월 2일 오후 3:33

 정원석 느낌이 참 좋죠. ^^
2013년 12월 2일 오후 2:54

 정원석 청계천 갈대(억새?)밭을 얼마 전 걸었었는데…
2013년 12월 2일 오후 2:54

 이윤희 저도 이 사진 제일 마음에 드네요~
2013년 12월 2일 오후 2:43

 김주희 이 사진 참 맘에 들어요. 많은 곳을 다닐 수 있으
니 앞으로 더 많은 경험을 하길 바래요.
2013년 12월 2일 오후 2:29

 정종채 갈대밭의 소리는 마음으로 느껴야 알 수 있답니
당. 멋져요!!
2013년 12월 2일 오전 11:42

PART 3

다가가다

바람 소리, 갈대 흔들리는 소리, 갈대 밟는 소리……
귀로 듣고 발로 느끼며 찍은 사진에서
갈대의 금빛 노래가 들려오는 듯했어요.

다가가, 느끼다

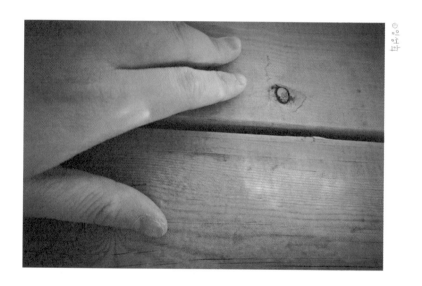

이은영 ⓒ

아이들은 눈에 보이지 않는 것을 찍기 위해 사물에 다가간다.

그리고 모든 감각을 이용한다.

물고기의 배 위에 가만히 손을 올려놓은 채 팔딱거리는 생명을 느끼고,

손끝에 닿는 양털의 촉감을 느끼고,

두 귀를 쫑긋 세워 파도 소리에 집중했다.

무언가를 찍기 위해 만지고, 듣고, 상상하며

그렇게 아이들은 사진 찍기의 재미에 빠져들었다.

소나무 숲에서

힘든 오르막길 후 장대하게 펼쳐진 소나무 숲,
새하얀 백사장은 아이들에게 사진을 찍어 달라고 외치는 것 같았다.
여섯 아이들은 멈춰서 사진을 찍기 시작했다.

소리에 집중하기

바닷가를 찾았다. 소리에 집중하기로 했다. 그런데 과연 소리로 사진을 찍을 수 있을까?

아이들이 자연 속에서 더 많은 것을 느끼길 바라는 강영호 작가는 특별한 사진 기법을 가르치려 애쓰지 않았다.

"너 줌인 할 줄 알지? 어, 그 정도."

파도가 거세게 치자 유난히 소리에 민감한 종서는 거슬리는 모양이었다. 주위 소리에 신경을 쓰느라 사진을 많이 찍지 못했다. 종서가 카메라보다 즐겨 활용했던 것은 바로 녹음기다. 항상 자신이 듣는 소리를 녹음해 사람들에게 들려주곤 한다. 소리에 예민하게 반응하는 종서에게 맞춰 강영호 작가는 어떻게 사진을 찍을지 이야기했다.

"언제 찍느냐면 '퍽' 하는 소리가 들릴 때! 다음에 '쉭' 하고 맥주병 여는 것 같은 소리 들리지? 이때가 파도가 올 때야."

종서가 소리에 집중하기 시작했다. '퍽', '쉭' 하는 소리에 귀를 기울인다. 마음을 모아 집중하는 종서의 모습에 보는 이마저 경건해진다.

렌즈와 동기화하기

아이들은 눈으로 볼 수가 없으니 동영상으로 모든 소리를 담아서 간직하고 싶어 했다. 정완이는 바닷가에 들어서자마자 파도에 다가갔다. 여러 자세를 취하면서 사진과 동영상을 찍기 시작했다.

카메라의 렌즈를 자신의 눈과 동기화했다. 파도 소리를 담기 위해 옆으로 누워서 카메라를 내밀어 보기도 하고 무릎을 꿇기도 하며 의욕 넘치게 다가서다 신발과 바지가 몽땅 젖어 버렸다. 하지만 차가운 바닷물도 추억을 간직하고자 하는 의욕을 꺾지는 못했다.

모래의 감촉

소정이는 백사장에 들어서자 앉아서 모래를 만지기 시작했다. 모래를 기억하고
싶었던 듯하다. 꺼끌꺼끌하면서도 부드러운 감촉. 손가락 사이로 스르르 빠져
나가는 모래의 움직임. 우리의 하루하루도 이처럼 거친 듯 매끄럽게 빠져나가
고 있다. 아직 어린 소정이는 모를 수도 있지만.

그래도 모래의 감촉이 퍽이나 마음에 들었던지 한참 동안 모래를 만지며 바다
가까이에서 놀다가 신발이 다 젖었다.

ⓒ이상호

양 떼를 만나다

양 떼가 반기는 이곳은 대관령의 한 목장이다. 평소 동물들과 접촉할 기회가 적었던 아이들. 목장 측에서 특별히 방목장을 개방해 주었다.

벌써 카메라를 꺼내 든 아이도 보인다.

나라가 성희에게 말했다.

"언니, 양 목을 그냥 잡아. 나도 목을 잡고 찍었어."

성희에게 양을 잡아 주려고 좌충우돌하는 나라를 보고 강영호 작가가 도우러 나섰다.

"내가 유인할 테니까 양 얼굴을 딱 만져!"

성희가 먹이를 들고 있자 양들이 몰려들었다. 양 떼에 둘러싸여 아이들이 사진을 찍기 시작했다. 이렇게 찍은 사진에 대해 의문은 여전히 풀리지 않는다. 아이들은 자신이 무엇을 찍었는지 알고 있을까?

정완이는 무슨 사진이 나올까 기대가 된다고 했다. '찰칵' 소리가 나면 '잘 나왔으려나' 하는 기대감에 들뜬다며 상기된 얼굴로 이야기했다.

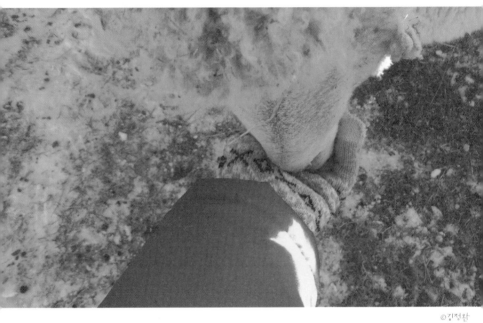

©김정환

촉감으로 찍다

동물을 직접 만지며 대상에 밀착해서 찍어 본다.

줌을 활용해 확대되는 피사체들.

아이들은 경계하지 않는다.

마음으로 가까워진다.

©김종서

속임수 없이

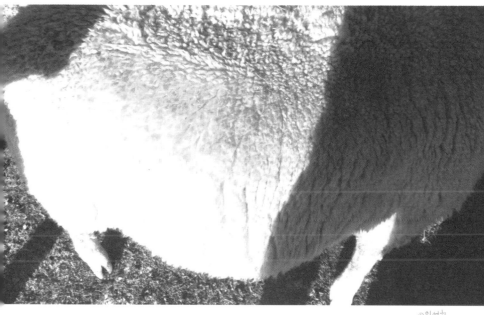

©임성희

우리는 왜 동물을 보면 순수해질까? 동물들에게는 아무런 가식이나 가면이 없기 때문이다. 그들의 마음은 눈에 보이는 모습과 똑같다. 그래서 동물들은 있는 그대로 믿고 신뢰할 수 있을 것 같다. 남을 의식하지 않기에 속임수가 없다.

양을 처음 보고 무서워하던 아이들은 이내 친해져서 스스럼없이 다가갔다. 동물의 순수함이 아이들의 맑음과 닮아 있기 때문일 것이다. 누구도 이처럼 가까이서 양을 찍을 생각은 하지 못했을 것이다. 무슨 동물인지 모를 정도로 몸의 일부를 확대해서 찍은 사진들이 이색적이면서 익살스럽다. 아무런 기만 없이 다가서는 아이들에게 양들은 훌륭한 피사체가 되어 주었다.

©신나라

© 이승헌

© 이승헌

가자미 한 마리

한참을 달리던 배가 멈췄다. 드디어 낚시를 시작한다.

가장 먼저 범빈이의 낚싯대에 신호가 왔다.

하지만 잠시 후 보란 듯이 제법 큰 가자미를 잡은 정완이.

곧이어 종서도 조용히 한 마리 낚아 올린다.

가자미가 제철인 12월의 강릉 앞바다.

©김정환

©신나라

짜릿한 낚시

잡혀 올라온 물고기가 어디쯤 있는지 알 수 있다.

정확히 그곳을 향해 셔터를 누른다.

파닥거리는 생동감과 주변의 환호.

의식이 깨어나는 생생한 소리가 귓가를 자극한다.

비릿하면서 짜릿한 향기가 코끝을 스친다.

©민영란

즐거운 자극

많은 아이들이 오늘 처음 낚시를 해본다.

펄떡거리는 가자미를 만져 보다 놀라기도 하지만 이내 깔깔거리며 웃는다.

새로운 것을 경험하는 일이 이토록 즐겁다는 걸 알게 되었다.

날것의 생명력은 즐거운 자극을 준다.

세상을 향해 손을 뻗다

정완이는 한 손으로 기둥을 잡고 다른 한 손으로 카메라를 잡았다.

그러고는 팔을 쭉 뻗어 바다와 하늘을 찍기 시작했다.

세상에 더 다가가고 싶어 위태로워 보일 정도로 몸을 기울였다.

눈은 감은 채 고개를 돌리지도 않았다.

얼굴을 스치는 바람과 귓가를 울리는 파도 소리,

시원한 바다 냄새를 느끼며 셔터를 눌렀다.

세포 하나하나가 살아 숨 쉬며 세상을 받아들였다.

만지다, 기억하다

대관령 목장에 이어 평창의 한 눈썰매장에서
아이들은 신 나는 시간을 가졌다.
강영호 작가가 눈사람을 만들어 아이들 앞에 놓았다.
새로운 것을 마주했을 때 손부터 내미는 아이들.
손끝으로 기억하기 위해서다.

©인사이트

눈보다 하얀 미소

아이들은 눈썰매를 타고 싶어 했다. 동행한 자원봉사자들이 아이들과 함께 눈썰매를 타며 즐거운 시간을 보냈다. 썰매를 타고 질주할 때의 스릴감에 환호하며 눈보다 하얗게 웃었다. 얼굴을 스치는 바람의 세기로 속력을 감지했다. 차가운 바람도 반갑기만 했다.

보이지 않으면 아무래도 몸까지 움츠러든다. 그러나 아이들은 이날 안전을 확보한 채 마음껏 뛰고 뒹굴며 놀았다. 눈싸움을 하고 눈사람도 만들었다. 하얀 배경 위에서 아이들의 미소가 더욱 빛났다.

©인사이트

세상을 녹일 듯

©인사이트

세상이 하얗게 얼어붙었다.

하지만 아이들은 자신의 작은 몸으로 차가운 세상을 녹이려는 듯

눈을 어루만지고 볼에 비볐다.

눈이 폭신폭신한 솜 같다며 해맑게 웃음 짓는 아이들은

어디에서보다 편안해 보였다.

하늘에서 보낸 눈꽃들이 재잘대는 소리,

땅속 깊은 곳에서 잔잔하게 울리는 소리에 귀를 기울인다.

갈대밭을 거닐며

ⓒ신혜선

키 큰 갈대들을 헤치고 걷는 일이

앞이 잘 보이지 않는 아이들에게는 결코 쉬운 일이 아니다.

하지만 천천히, 조심조심 갈대밭을 걸었다.

그리고 바람 소리, 갈대 흔들리는 소리, 갈대 밟는 소리를

귀로 듣고 발로 느끼며 사진을 찍었다.

갈대의 금빛 노래가 들려오는 듯했다.

조금 더 다가가 보세요

가을을 물들이고 겨울을 준비하는 갈대들은 파란 하늘 아래에서 황금 바다를
이루었다. 아이들은 갈대를 잡고, 흔들어 보고, 만져 보았다. 바람에 흔들리며
아이들의 볼을 살짝 스치는 갈대를 손으로 잡고 셔터를 누른다. 이제 곧 새하얀
눈밭이 될 이곳에서 가을의 정취를 사진으로 기억한다.

보이지 않는 아이들은 우리가 무심히 스쳐 지나가는 사물들에도 관심을 쏟는
다. 똑같은 갈대라고 여겼는데, 아이들이 찍은 사진 속에서는 저마다 다른 형태
와 색깔을 드러낸 갈대들이 색다른 풍경을 만들어 낸다.

우리는 그동안 무언가를 대할 때 멀리서만 힐끔 보고 다 안다고 생각하진 않았
을까? 다 같은 모습이라고 쉽게 치부하지 않았을까? 아이들 덕분에 서로 다른
얼굴을 하고 있는 갈대들을 발견하며 새삼 내 주위 것들을 다시 보게 되었다.

ⓒ김정환

COMMUNICATION

좋아요!

김종서
2013년 12월 2일

소나무들

👍 좋아요   💬 댓글 달기   ➦ 공유하기

21명이 좋아합니다.

 Dongyeon Stella Lee 바닷가에 있는 소나무는 솔향뿐만 아니라 많은 향을 낸다고 하는데 종서 군도 다양한 향기를 내는 사진을 찍는 것 같아요. :)
2013년 12월 19일 오후 6:08

 이지연 렌즈 바로 앞에 있는 소나무 가지는 마치 자기도 찍어 달라며 뽐내고 있는 것 같아요. 카메라를 들면 v^_^v 하면서 렌즈에 코 박을 듯 달려오는 해맑은 어린아이처럼요.
2013년 12월 14일 오전 12:21

 김민 솔향 저도 참 좋아하는데요.
2013년 12월 11일 오전 11:45

 이서호 소나무 향이 느껴지는 사진이네요.
2013년 12월 10일 오후 9:08

 육선영 와~ 소나무 가지가 넘 이뻐요. 제대로 멋있는데요.
2013년 12월 5일 오전 10:40

 김연하 추운 겨울에도 변치 않는 소나무처럼 늘 그런 마음 간직하세요~~
2013년 12월 3일 오전 12:13

 이하나 종서 군도 늘 변함없이 예쁜 마음으로 세상을 보길.
2013년 12월 2일 오후 5:19

 이주희 솔잎 향이 은은하게 나는 느낌~ 마음에서도 느끼셨겠죠.
2013년 12월 2일 오후 5:18

 홍선희 푸르른 소나무, 종서 군도 그렇게 성장하길…
2013년 12월 2일 오후 3:01

 이윤희 소나무 솔이 잘 찍혔어요~
2013년 12월 2일 오후 2:43

 송교일 솔잎에 대한 원근감이 정말 좋은 사진이네요. 추운 날씨에 봐서 그런지 따뜻한 계절이 왔으면 하는 생각도 들어요.
2013년 12월 2일 오후 2:28

김정완
2013년 12월 2일

손바닥 위에 솔잎들

👍 좋아요　💬 댓글 달기　➜ 공유하기

13명이 좋아합니다.

서종혁 곧 시든 솔나무에도 푸르른 잎이 돋겠죠. ㅎㅎ 따
뜻한 겨울방학 되세요!
2013년 12월 15일 오후 9:03

차지영 솔잎 향이 은은하게 나지요~
2013년 12월 2일 오후 6:51

유순현 솔잎이 쓸쓸하지만 손 안에서 따뜻할 것 같아요.
2013년 12월 2일 오후 4:54

최희재 성희 양은 솔방울이고 정완 군은 솔잎이니까 이
제 누가 다람쥐만 잡아 오면 되는 건가요? ㅋㅋ
2013년 12월 2일 오후 2:57

임지환 아무나 느낄 수 없는 정완 씨만의 마음을 꼭 담길
바래요~ 파이팅입니다! ♥
2013년 12월 2일 오전 10:39

PART 4

들여다보다

세상을 찍는 것은 결국

나를 보기 위한 여정일지도 몰라요.

하늘 사진에도, 바다 사진에도, 나무 사진에도

나 자신이 투영되어 있잖아요.

마음의 결

우리의 마음에도 결이 있다.
거친 마음, 매끄러운 마음…….
그 결은 갈대처럼 하루에도 몇 번씩 흔들리며
마음의 무늬를 만들어 간다.
당신의 마음은 어떤 상태인가요?

내 얼굴이 궁금해

엄마눈

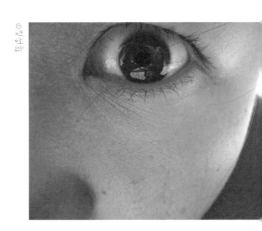

엄마눈

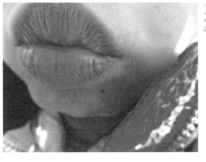

엄마입

"진짜 궁금하다."

성희가 느닷없이 말하기에 뭐가 궁금하냐고 물었다.

"내 얼굴."

성희는 자기 얼굴을 만진다. 그리고 카메라를 돌려 자신의 얼굴을 찍기 시작한다. 눈, 코, 입…….

"눈이 작아졌는지, 코가 삐죽해졌는지, 입이 나왔는지 그냥 알고 싶어서요. 지금은 눈이 보였을 때랑 많이 달라졌을 것 같아요."

성희의 자기 얼굴 찍기는 계속되었다.

"옛날 얼굴이 기억이 안 나는데…… 궁금하다, 근데 내 얼굴…… 예쁘나, 아 예쁘나."

기억이 나지 않는다. 8년의 시간 동안 성희는 자기 얼굴을 보지 못했기 때문이다. 열한 살 어린 나이에 뇌종양 수술을 하게 된 성희. 수술 후 점점 시야가 흐려지기 시작했지만 곧 괜찮아질 줄 알았다.

그런데 차츰 시력이 나빠지고 점점 더 흐릿해졌다. 그제야 조금 실감이 났다. 안과에 가도 의사 선생님이 이제 볼 게 없다고 오지 말라고 했다. 마음이 아팠다. 이제는 성숙해 가는 모습을 상상하기도 어려워졌다.

"제가 혼자서 사진을 찍는다는 게 쉬운 일이 아니잖아요? 그래서 이렇게 기회가 됐을 때 찍어 보고 싶어요. 제 얼굴을. 보이진 않지만……."

그래도 성희는 웃음을 잃지 않는다. 언젠가 누군가가 성희의 열아홉 시절을 물어본다면 오늘 찍은 사진들을 보여 줘도 좋을 것 같다. 이렇게 즐거운 추억이 있었다고.

사진은 나의 일기장

볼 수는 없지만 사진을 찍으면 순간순간을 담을 수 있다.

그래서 사진은 일기장 같은 것.

자신을 들여다보는 거울.

추억을 떠올리는 매개체.

©임성희

© 김진환

세상을 통해 나를 알기

사진은 삶을 바라보게 하고, 그로써 자신을 알게 하는 좋은 도구다.

사진을 통해 과거를 돌아보고 현재를 응시하며 미래를 통찰한다.

세상을 찍는 것은 결국 나를 보기 위한 여정인지도 모른다.

하늘 사진에도, 바다 사진에도, 나무 사진에도 나 자신이 투영되어 있다.

때로는 직접 자신을 들여다보는 것보다

주변을 통해 보는 것이 더 정확하고 진실하다.

©김정원

그림자놀이

©김정환

정완이의 그림자가 파도와 만난다.

서서히 물속으로 잠기는 그림자.

자신은 볼 수 없는 그림자를 따라

자아를 좇듯 셔터를 눌러 댄다.

사진은 관심이다

그냥 흘려보내기 일쑤인 일상을 카메라 앵글로 표현하는 것. 쉬워 보이면서도 쉽지 않은 일이다. 그러나 주위에서 쉽게 볼 수 있는 것들이 우리에게 통찰력을 선물한다. 지루할 수 있는 일상을 특별하게 만드는 것이 사진의 힘이다.

서울에서 불과 몇 시간 떨어진 곳에서의 여행을 순수하게 기뻐하며 1분 1초를 즐기던 아이들, 그리고 그들의 소중한 사진 한 장 한 장은 삶의 모든 순간이 소중하다는 것을 깨우쳐 준다.

아이들은 자신의 이야기를 하는 동시에 우리의 이야기를 하고 있었고, 두근거리는 일상을 찾아 주었다. 작은 카메라 하나로 평범한 일상이 특별해졌다.

©이병빈

내 안의 우물

내 안의 나와 만나는 일.
내 안의 우물을 들여다보는 일.
그 우물이 얼마나 깊은지 새삼 놀랄 때도 많지만
그 깊이를 채워 나가는 미래를 그려 본다.

발자국

정완이가 걸어온 길은 모래사장에 정직하게 찍혔다.

속내를 드러낸 듯 부끄러울 정도로 선명한 자국들.

파도는 이를 곧 지워 버릴 테지만,

모래는 기억할 것이다.

정완이가 이곳을 걸었다는 것을.

볼 수 없기에 모래알 한 알 한 알

예민하게 느끼며 섬세하게 내디뎠다는 것을.

자신을 안다는 것

우리는 하루에 몇 번, 몇십 번씩 거울을 본다.
하지만 마음을 들여다보는 시간은
하루에 단 몇 초도 되지 않을 것이다.

아이들은 자신이 어떻게 생겼는지 모른다.
그래서 자기 안을 들여다보는 것에 익숙하다.

보는 자와 보이지 않는 자,
누가 더 자신에 대해 잘 알까?

© 이병훈

나는 한 번이라도

미끼에 걸린 물고기처럼

금방이라도 숨이 끊어질 것 같은 때도 있었다.

그때 생각했다.

나는 이 물고기처럼 한 번이라도 힘차게 물살을 가르며 나아간 적 있는가.

한 번이라도 이렇게 필사적으로 숨 쉬어 본 적 있는가.

그러고는 알았다.

나는 아직 숨이 끊길 자격이 되지 않는다는 것을.

결국엔 나

사진은 아이들의 눈이 되었고 손끝이 되었다.

세상과 사물을 바라보고 어루만지며

한 장의 사진으로 기억되었다.

세상을 찍으면서 자기 안의 세상에도 눈뜨기 시작했다.

작은 모래 알갱이와 파도의 하얀 물결, 살결을 스치는 바람과 눈부신 햇빛,

그 모든 것을 찍은 후 남는 것은 결국 자기 자신이었다.

©김정환

나무 한 그루

ⓒ이소정

홀로 선 나무 한 그루가 꺾일 듯 꺾이지 않으며 그곳에 있었다.

파도가 수없이 물결치는 동안에도,

바위가 미묘하게 조금씩 물살에 깎여 가는 동안에도,

노래늘이 빌려오고 빌려가는 농안에노

가냘픈 나무 한 그루는 그곳에 있었다.

나무는 불안할 때도 있었다.

'모두 변화하는데 나만 항상 제자리야.'

너무 답답해서 바람이 자기를 꺾어 주길 바란 적도 있었다.

태양이 자기를 불태워 주길 바란 적도 있었다.

그러나 나무는 미처 알지 못했다.

자신의 가지가 굵어지고 나뭇잎이 무성해지고 있다는 것을.

COMMUNICATION

좋아요!

이범빈
2013년 12월 1일

갈대밭에서

👍 좋아요　　💬 댓글 달기　　➤ 공유하기
29명이 좋아합니다.

 Seong Gyoon Song 보이는 우리도 찍기 힘든 사진을 범빈 씨가 찍으니 더 작품 같네요.
2013년 12월 30일 오전 4:03

 이한빛 와~~ 좋은 사진입니다!
2013년 12월 19일 오후 3:40

 이지연 우와! 갈대와 한 몸이 된 것 같아요. 멋있어요!
2013년 12월 14일 오전 12:38

 Ja Young Lee 우와~ 갈대밭과 그림자^^!!
2013년 12월 9일 오후 8:39

 육선영 은은하게 드리워진 그림자… 한 폭의 그림 같아요.
2013년 12월 5일 오전 10:41

 Hosun Ahn 가을이 다 가기 전에 저도 이런 풍경 속에 자리하고 싶네요.
2013년 12월 2일 오후 10:45

 이희빈 사진이 선명한 게 너무 이뻐요. 분위기도 너무 멋져요. 그림자도 굿!^^
2013년 12월 2일 오후 10:02

 홍선영 가을 정취 제대로예요.
2013년 12월 2일 오후 7:24

 이하나 와… 신비로운 분위기예요.
2013년 12월 2일 오후 7:12

 김태은 사진을 분위기 있게 잘 찍네요.
2013년 12월 2일 오후 3:42

 김수미 갈대숲의 그림자. 두 사람의 그림자가 따뜻한 느낌…
2013년 12월 2일 오후 2:39

 정종채 와! 갈대숲의 두 사람… 넘 멋지네요.
2013년 12월 2일 오전 11:43

164

김정완
2013년 12월 1일

불꽃놀이 사진

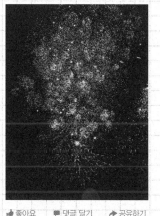

👍 좋아요 　💬 댓글 달기 　➤ 공유하기
29명이 좋아합니다.

 이한빛 이렇게나 멋지게 찍었다니요!
2013년 12월 19일 오후 3:37

 이하영 진짜 멋있게 잘 찍었네요. 정말 성운같이 아름다워요!
2013년 12월 16일 오후 7:44

 김민 불꽃놀이 정말 아름답죠. 펑펑~
2013년 12월 11일 오전 11:56

 Ja Young Lee 보이지 않아도 마음으로 느꼈을 것 같은 불꽃놀이네요.
2013년 12월 9일 오후 8:33

 Dasol Choi 하늘인지 바다인지.
2013년 12월 9일 오후 6:55

 이주영 우와~진짜 아름다워요~ 황금색 꽃다발인 것 같아요~
2013년 12월 9일 오후 6:24

 Dongyeon Stella Lee 너무 아름다운 사진이네요 :-)
2013년 12월 6일 오전 11:18

 김소라 와우! 우주쇼 느낌인걸요. 잘 찍으셨어요.
2013년 12월 3일 오후 3:43

 강문정 와우! 무슨 입자와 같은 느낌이 나요~
2013년 12월 2일 오후 7:19

 차지영 왠지 작품사진 같은걸요?^^
2013년 12월 2일 오후 6:51

 강성진 무슨 명화 같네요. 멋집니다.
2013년 12월 2일 오후 6:38

 정종채 불꽃 샷이 한 폭의 그림 같네요.
2013년 12월 2일 오전 11:47

 임지환 불꽃의 또 다른 느낌이네요. 누구나 다 다른 점이 있듯이…
2013년 12월 2일 오전 10:44

 김동영 빛의 소리라고 해야 하나, 소리의 빛이라고 해야 하나. 정말 멋진 사진이네요!!
2013년 12월 2일 오전 8:30

 Lee Kyoung Joo 당신의 미소가 터져요.
2013년 12월 1일 오후 11:54

마주 보다

만일 볼 수 있게 된다면

제 주위에 있는 사람들을 보고 싶어요.

사실 가장 보고 싶은 건 엄마 아빠지만 안 계시니……

저를 행복하게 해주는 사람들의 얼굴을 보고 싶어요.

어깨에 손을 얹고

이동할 때는 나란히 서서 앞사람의 어깨에 손을 올린다. 앞사람에 의지하고 뒷사람을 이끈다. 다른 사람을 신뢰해야 하고 자신도 신뢰할 수 있는 사람이 되어야 한다. 어깨에서 어깨로 맞물린 인연의 고리가 아이들의 마음을 단단히 엮어 주었다.

눈이 보이지 않기에 어쩔 수 없이 다른 사람의 도움을 받아야 할 때도 있다. 남의 도움을 받고 고마워해야 하는 상황이 늘 유쾌하진 않다. 그러나 일방적으로 도움을 받기만 하는 것은 아니다. 장애를 갖고 있어도 누군가를 도울 수 있다는 것을 아이들은 조금씩 알아 가고 있다.

사진은 중요한 매개체가 되었다. 어쩌면 볼 수 있는 사람과 보지 못하는 사람은 극과 극의 상황에 놓여 있는지도 모른다. 같은 것을 볼 수 없다는 것은 그만큼 공감하기 어렵다는 뜻이기에. 그런데 사진을 찍어 다른 사람들에게 보여 주면서 아이들은 그들과 같은 것을 공유하기 시작했다.

자신이 찍은 사진을 놓고 그때의 소리, 촉감, 느낌 등을 설명하면, 사진을 보는 이들은 그 풍경을 상상한다. 시각적으로만 보는 것이 아니라 그 공간과 공기를 느끼게 되는 것이다.

이제 보는 이와 보지 못하는 이는 서로를 보완하게 되었다. 시각에만 의존해 평면적인 사진을 보던 이는 공감각을 얻었고, 보지 못하는 이는 비가시적인 공간의 느낌을 시각적으로 보여 줄 수 있게 되었다.

사진으로 인해 우리는 완전해졌다.

우리의 인연이 얼마나 소중한지

우리가 만난 것이 얼마나 놀라운 일인지 여행이 알려 주었다.

옷깃만 스쳐도 인연이라 했던가.

이 많은 사람들 중에 옷깃이 스친 것은,

우리가 서로를 알게 되고 친밀해진 것은

얼마나 기적 같은 일인가.

우리, 이제 이렇게 서로를 지탱한다.

당신을 만나 기뻐요

누군가를 위해 사진을 찍는다는 것은 어떤 의미일까?

아이들은 찍는 상대에게 귀를 기울이고 그의 움직임을 좇았다.

그리고 느낌이 오는 순간 셔터를 눌렀다.

누군가를 찍는다는 것은 관심과 호감을 표현하는 일이다.

동시에 누군가에게 자신을 열어 보이는 것이다.

뜨거운 심장으로

©김정환

시각 장애를 가진 세계적인 뮤지션 스티비 원더. 그는 장애와 가난, 인종 차별이라는 역경을 이겨 내고 사람들에게 아름다운 선율과 음색을 선사했다. 비록 육안肉眼은 보이지 않지만 심안心眼은 어느 누구보다 밝았기에 마음의 울림을 만들어 낼 수 있었던 게 아닐까.

그를 그토록 강하게 키운 것은 바로 그의 어머니였다. 누구나 영향을 주고받는다. 누구나 뜨거운 심장을 갖고 있고, 타인에게 영향을 줄 수도 받을 수도 있다. 그가 믿고 의지했던 것은 바로 그런 자신의 심장이었을 것이다. 그래서 우리는 그의 음악에 심장의 두근거림으로 화답한다. 보이지 않는 소리를 통한 교류이자 큰 의미의 사랑이다.

주변을 둘러보면 아이들에게도 고마운 사람들이 많다. 부모가 없는 아이들 곁에도 사랑하며 도와주는 사람들이 있다. 아이들은 자신 또한 누군가를 돕고 싶다고 생각한다. 사랑은 전염성이 강하다.

그러니 이제 우리가 할 일은 정해졌다. 나의 환경을, 처지를 원망하는 동안에도 심장은 뛰고 있다. 눈을 감아도 심장은 움직인다. 스티비 원더는 말했다.

"당신의 뜨거운 심장을 사랑하는 데 쓰세요!"

사려 깊게

사람들은 보인다는 오만 때문에 서두르고, 그러다 발을 헛디딘다.

돌진하고 부딪치고 다친다.

그러나 보이지 않는 아이들은 침착하고 사려 깊다.

앞만 보고 가는 것이 아니라 옆과 뒤까지 찬찬히 느끼며 나아간다.

함부로 팔을 뻗거나 휘두르지 않는다.

밀치거나 걷어차지 않는다.

그저 온전히 자신만의 공간을 형성하며 방향을 잡는다.

주변 공기를 모두 흡수하듯 겸허하지만 단호하게 나아간다.

177

섬

©인사이트

"세상의 어느 누구도 외딴 섬이 아니다."

영국 시인 존 던John Donne은 이렇게 시작하는 시를 썼다. 하지만 섬처럼 살아가는 사람들도 많다. 해가 뜨고 지는 것만을 바라보면서 망망대해 너머에 무엇이 있을까 꿈꾸며 잠드는 이들

'섬'이라는 글자가 한 글자인 것은 결코 우연이 아닐 것이다. 가끔 찾아와 주는 새들만이 친구인 섬들. 그 섬에 가지 못하더라도 오늘 이렇게 카메라를 들어 본다. '이곳에서 내가 너를 보고 있다'며 렌즈의 눈으로 바라본다.

섬은 말이 없지만, 아이들은 보지 못해도 그곳에 섬이 있다는 것을 알고 있다. 아이들도 자신이 섬과 같다고 느낄 때가 있었다. 하지만 이제는 안다. 우리는 모두 세상의 한 조각이며, 언젠가는 다른 조각과 만나 연결될 것이라는 사실을. 세상은 그렇게 수많은 조각들이 만나고 헤어지며 다채로운 그림들을 만들어 낸다.

그래서 세상은 아름답다.

모래 위의 수줍은 하트

©신4라

나라는 모래 위에 하트를 그렸다.

내성적이라 표현을 잘 못하는 나라.

하트를 그리고 만지면서 이다음에 크면 더 큰 하트를 그려야겠다고 다짐한다.

그리고 더 솔직한 사람이 되어야겠다고 생각한다.

자신의 감정에 솔직하고 타인을 진실하게 대하는 사람.

잠시라도 볼 수 있는 기회가 주어진다면 주변 사람들을 보고 싶다.

엄마, 아빠가 가장 보고 싶지만 곁에 없으니.

그래도 주변 사람들이 나라를 행복하게 해주었다.

나라의 하트는 수줍다. "널 사랑해!"라고 외치는 하트가 아니다. "나는 너를 좀 좋아하는 것 같아"라는 겸손하면서도 은근한 표현이다.

나라는 직접적으로 표현하는 데 익숙하지 못하다. 아니, 표현 자체에 서툴다.

어렸을 때부터 계속 그랬는데 쉽게 고쳐지지 않는단다.

감정을 표현하는 것은 습관이다. 표현할수록 늘고 숨길수록 무뎌진다. 알람시계에 맞춰 눈을 뜨듯 매일 표현하는 습관을 들여야 한다. 그러면 언젠가는 시계가 울리기도 전에 눈이 떠지는 날이 온다. 노력하지 않아도 표현하게 된다.

나도 모르게

사진이 주는 또 하나의 기쁨은 의도하지 않은 컷이 나왔을 때다.

나도 모르게 찍히는 사진.

마치 카메라에 영혼이라도 있는 듯 놀라운 사진을 보여 줄 때가 있다.

종서가 찍은 사진이 그랬다.

그저 바다를 겨냥해서 찍었을 뿐인데 아이들 모두의 그림자 사진이 찍혔다.

모르는 사이에, 종서의 마음속에도 친구들이 성큼성큼 걸어 들어왔다.

©김종서

©김진환

발자국이 알려 준 방향

발을 내디디면 모래밭은 발자국 표시로 방문객을 반겼다.
한 발짝 한 발짝을 정직하고 투명하게 받아들였다.

아이들의 발자국이 선명하게 새겨졌다.
발자국은 비록, 도착지를 말해 주지 못해도 방향은 알려 준다.
방향을 알면 언젠가는 발자국의 주인에게 닿을 것이다.

누군가의 발자국이 또 다른 누군가를 따르며 엉키고 지워졌다.
그렇게 아이들의 인연이 눈밭 위에 펼쳐졌다.

불빛 같은 사람

불빛이 있으면 사람들이 모여든다.
불빛을 볼 수 없다면 불빛 같은 사람이 되기를.
자신이 불빛이 되어 외롭지도 두렵지도 않기를.
환하게 사람을 끄는 소정이의 미소처럼.

꽃이 피었습니다

"사진 작업 중에 꽃이 하나 피었더라고요."

요즘 한창 이성에게 관심이 많은 범빈이다운 사진이다.

자원봉사자를 찍은 범빈이는 "네가 내게 와서 꽃이 되었다"고 말했지만,

범빈이의 사진 속에 담겼기에 그녀는 꽃이 되었는지도 모른다.

렌즈의 방향은 마음의 방향이다.

수줍은 마음이 셔터 누르는 소리로 전해지고

카메라 너머로 그렇게, 꽃이 피었다.

마음이 열리기를

어린 시절부터 마음의 문을 많이 닫고 살았던 나라. 아기 때부터 혼자였던 나라는 부모님에 대한 기억이 없다.

갑작스럽게 비라도 내리는 날이면 친구들은 모두 우산을 들고 마중 나온 엄마와 함께 돌아갔다. 홀로 서서 그 광경을 바라보며 나라의 마음에도 비가 내렸다. 엄마 손을 잡고 따뜻한 집으로 돌아가는 아이들이 부러웠고 또 아팠다.

나라는 상처받은 마음을 그동안 잘 숨겨 왔다. 평소에는 엄마, 아빠 생각을 많이 하지 않는데 이번 여행에서 부쩍 생각이 많이 난다. 막상 만나게 되면 어떻게 해야 할지 모르겠지만 보고 싶다. 겉으로는 강한 척해도 속은 여린 아이. 나라의 마음이 조금 더 열리기를. 그리고 더 단단해지기를.

매만지다

나라가 강영호 작가의 얼굴을 찍는다. 그의 얼굴이 궁금하기 때문이다. 시력이
좋아지면 보고 싶은 사람 중에 강영호 작가도 포함된단다.

강영호 작가의 얼굴을 만지는 나라. 그는 나라를 위해 안경을 벗고 얼굴을 내주
었다. 나라가 천천히 그의 얼굴을 만지며 코의 크기나 높이 등에 대해 이야기했
다. 그러다 갑자기 "그런데 선생님, 광대가 너무 튀어나왔어요!"라고 해서 모두
를 웃게 했다. 재치 있고 흥미로운 묘사를 모두 숨죽여 들었다.

"선생님은 저에게 새로운 세상을 알게 해주신 고마운 분이에요."

나라는 강영호 작가의 얼굴을 손끝으로 바라본 후 그와 더욱 가까워진 것 같다.

©김종서

엄마 얼굴

종서는 언제나 그렇듯 누군가에게 자신이 노출되는 것을 부끄러워하는 듯했다.
종서의 사진에서도 성격이 그대로 묻어난다. 대부분 자기 가까이에 있는 것만
찍었다. 차분하고 조용하다. 오랜 시간을 들여 마음을 열고 깊이 있게 대화를
해야만 종서의 속마음을 알 수 있다.

종서는 나이에 비해 굉장히 속이 깊고 마음이 따뜻한 아이였다. 만약 한 번이라
도 볼 수 있는 기회가 온다면 엄마의 웃는 얼굴을 보고 싶다고 했다. 세상에 태

어나 가장 처음 본 얼굴, 종서는 엄마가 보고 싶다. 종서가 기억하는 엄마의 얼굴은 여섯 살 때, 아직 앞이 보이던 시절에 본 얼굴이다. 하지만 그 기억도 점점 흐려진다.

엄마의 얼굴이 기억나지 않아 고개를 흔들어 보기도 한다. 매일 엄마 얼굴을 잊지 않으려고 기억을 떠올린다. 그래도 바랜 종이처럼 희미해지는 엄마 얼굴. 지금 엄마는 어떤 모습일까. 너무 늙은 건 아닐까. 항상 웃으며 종서를 도와주는 엄마, 자기 때문에 고생하는 엄마가 자신이 기억하는 얼굴보다 많이 늙었을 것 같다고 걱정이다.

사진에 재미를 붙인 종서는 내친김에 전화를 건다. 엄마에게 파도 소리를 들려주고 싶었나 보다.

여섯 살 무렵, 시력을 완전히 잃은 종서는 유치원 친구들의 놀림과 따돌림을 받아야 했다.

"눈 안 보이는 놈이 뭘 할 수 있겠어? 그런 생각도 들었어요. 그래서 아주 잠깐 죽고 싶다는 생각까지 들었죠."

어린 나이에 상처받았던 종서를 위로하고 일으켜 세운 사람은 바로 엄마였다. 보이지 않아도 할 수 있는 일이 많다는 사실을 항상 알려 주었던 엄마.

"옛날에는 적어도 엄마, 아빠 얼굴 정도는 알았어요. 여섯 살 때까지는 보였으니까. 그런데 시간이 지나면서 안 보이게 되자 엄마, 아빠 얼굴도 점점 잊어버리게 되더라고요. 그래서 한번 보고 싶어요. 엄마도 내 얼굴도······. 엄마와 마주 보면서 함께 한번 웃어 보고 싶어요."

항상 곁에서 보살펴 주느라 바쁜 엄마에게 보여 주기 위해서라도 종서는 이 순간을 부지런히 기록한다.

©임성희

당신을 찍었습니다

©임성희

아이들을 찍는 강영호 작가와 카메라맨. 아이들은 자신을 찍는 스태프들에게 카메라로 화답했다. 서로를 찍고 찍히는 행위는 열 마디 말보다, 한 번의 포옹보다 더 강렬했다.

아주 주의 깊게 상대를 카메라 프레임 안에 넣고, 흔들리지 않도록 숨을 멈춘 채, 큰 결심이라도 한 듯 입을 꽉 다물고 셔터를 누른다. 수줍음도 많고 사람을 대하는 데 서툰 아이들이 관계를 맺고 교류하는 방법을 배워 간다. 카메라는 그런 아이들의 손에 들린 든든한 조력자다.

여행의 의미

ⓒ이소정

여행이란

나를 보고

세상을 보고

타인을 보는 것.

아이들에게도 다르지 않았다.

볼 수 없다고 보이지 않는 건 아니었다.

©이소정

COMMUNICATION

좋아요!

 임성희
2013년 12월 2일

정완이가 잡아 줬어요!
세 발자국 전진!

👍 좋아요　　💬 댓글 달기　　➤ 공유하기

11명이 좋아합니다.

 김민 오오 파이팅!
2013년 12월 11일 오전 11:57

 안용숙 앞으로 나아가는 모습이 미래로 가는 길이겠죠?
더 멀리 멋진 나라로 가보고 많이 마음에 담기를… 힘내
요!^^
2013년 12월 9일 오후 9:11

 이서호 따뜻한 가을이 느껴지는 사진이에요.
2013년 12월 4일 오후 11:28

 Lee Kyoung Joo 발끝이 아닌 마음으로 가는 세상.
2013년 12월 4일 오후 4:20

 김소라 여행이 생각나는 사진이에요. 한 걸음 옆에 누군
가와 함께면 더 좋죠.
2013년 12월 3일 오후 3:47

 이애교짱 잡아 줄 수 있는 친구가 있다는 건 정말 행복한
일인 것 같아요. ^^
2013년 12월 3일 오전 9:47

 차지영 오옷~한 발자국 더 전진~^^
2013년 12월 2일 오후 6:53

 임성희 감사합니다~^^
2013년 12월 2일 오후 3:19

 최희재 옆에서 늘 잡아 줄 누군가가 있다는 건 참으로 축
복받은 일인 것 같아요. ㅋㅋㅋ
2013년 12월 2일 오후 2:54

 허선주 사진을 보니 저도 여행을 떠나고 싶네요~
2013년 12월 2일 오후 2:25

신나라
2013년 12월 2일

백사장에서

👍 좋아요　💬 댓글 달기　➤ 공유하기
20명이 좋아합니다.

 Seong Gyoon Song 우와~ 완전 책에 나올 만한 사진인데요~ 나중에 앨범집 하나 내셔도 될 듯.
2013년 12월 30일 오전 4:17

 이서호 그림자만큼 시간이 느껴지네요.
2013년 12월 10일 오후 9:19

 Ja Young Lee 바닷가 가면 한 번씩 찍는 사진!!! 정확히 담아냈어요~ 와우!
2013년 12월 9일 오후 8:36

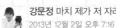 **Hosun Ahn** 너무 근사한 추억이 될 것 같아요. 멋진 바닷가 사진이네요.
2013년 12월 2일 오후 10:42

 강문정 마치 제가 저 자리에 서 있는 듯한 느낌이네요.^^
2013년 12월 2일 오후 7:16

 이하나 와~ 이 사진 넘 멋져요. 사진전에 출품해야 할 듯.
2013년 12월 2일 오후 7:01

 홍선희 와…작품사진 같아요. 노을 지는 바닷가로 가고 싶네요.
2013년 12월 2일 오후 4:50

 송교일 마음으로 눈으로 본 그림자 속 나라 양은 정말 큰 키를 가지고 있네요.
2013년 12월 2일 오후 2:24

임지환 그림자는 이미 나라 양 마음처럼 성장해 있네요.^^
2013년 12월 2일 오전 10:53

PART 6

멀리 보다

누구나 사진을 찍을 수 있다.

쓸데없고 쓸모없는 일이라고 해도 좋다.

인간 세상을 풍요롭게 한 것은 결국

'쓸데없는 일'이 아니었던가.

아이들이 쓸데없는 일을 더 많이 했으면 좋겠다.

에덴동산

성희는 대관령의 목장에 대해 이렇게 말했다.

"에덴동산처럼 평화로웠어요."

눈이 쌓이고 황폐한 목장을 보는 대신

에덴동산처럼 풍요롭고 행복하다고 느낀 아이들.

순수하게 공간을 느꼈기에

아이들은 다소 황량한 겨울 목장을 에덴동산으로 변화시켰다.

고개 들어도 괜찮아

©이소정

종서는 태어나서 얼마 되지 않아 안과 수술을 받았는데 몇 년 뒤에 다시 이상이
생겨 시력을 잃었다.

"동네 친구들과 뛰놀던 그때가 그리워요."

종서는 이제 뛰지 않는다. 그리고 항상 고개를 숙이고 있다. 왜냐고 물었더니
그저 습관이 됐단다. 언제부터인가 보이지 않으니 고개를 들고 있을 필요가 없
다는 생각이 들었다고 한다.

그러나 카메라를 가지고 다니면서부터 고개를 들고 두리번거리기도 하면서 주
변의 소리에 귀 기울인다. 보이지 않아도 고개를 빳빳이 들고 앞을 내다볼 자격
이 있다는 것을 이제는 깨달은 걸까?

©인사이트

멀리 가기 위해서

©인사이트

주변에 사람이 있다는 것도 잊은 채 아이들은 갈대의 움직임에 집중해서 사진을 찍었다. 아무것도 보이지 않기에 우주를 보는 듯한 신비한 느낌이 퍼졌다.

강영호 작가는 말했다.

"멀리 가기 위해선 눈앞의 매 순간에 집중해야 한다. 가까이 보는 것도, 멀리 보는 것도 모두 줌을 사용해야 하는 것처럼."

감정의 바다에 익사하지 않도록

©신나라

표현하지 못한 감정이 내 안에서 출렁인다.

나를 잡아 삼킬 듯, 익사시킬 듯.

감정에 질식당하지 않으려면 쏟아 내야 한다.

살아 있는 것을 대하듯

아이들은 정물을 찍을 때도

마치 살아 있는 대상을 대하듯 조심스레 다가가

손끝으로 주의 깊게 만지거나 귀를 기울였다.

다급해하거나 섣부르게 다가가지 않았다.

지나간 것을 찍지 못했다고 원통해하지도 않았다.

눈을 자극하기보다는 마음을 움직이는 것을 찍었다.

무의식이 만든 필연

예술가들은 무의식적으로 작업한다.

아이들은 특별히 가르치지 않아도 예술가들의 작업 방식으로 접근했다.

한 장의 좋은 작품을 위해 천 장을 넘게 찍고, 무의식적으로 찍는다.

예술은 그렇게 이루어진다.

그 수많은 노력 후에 우연처럼,

그러나 필연적으로 찾아오는 것이다.

아이들이 가진 날것의 열정이 만든 결과물이다.

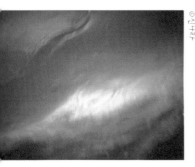

ⓒ신나라

어둠과 빛

어둠에 빛을 하나둘씩 더해 갔다.
어느덧 어둠과 빛이 조화를 이룰 때 셔터를 누른다.
조화는 이렇듯 몸으로 느끼는 것.

용궁으로 가는 거북이

©신나라

바다낚시를 하며 나라에게 뭐가 잡혔으면 좋겠냐고 물었다.

"그냥 아무거나 잡혔으면 좋겠어요. 용궁으로 가는 거북이?"

나라는 왜 이 순간 용궁으로 가는 거북이를 떠올렸을까? 〈심청전〉 속 거북이를 떠올린 걸까? 심청이는 아버지 심 봉사의 눈을 뜨게 하기 위해 제물이 되어 바닷물에 뛰어든다. 그러나 그녀의 효심에 감복한 용왕님이 보낸 거북이를 만나 용궁으로 가게 되고, 훗날 왕후의 자리에까지 올라 아버지를 만나게 된다. 그리고 결국 심 봉사가 눈을 뜨게 된다는 이야기.

나라도 용왕님이 보낸 거북이를 만나고 싶은가 보다.

더 이상 무의미하지 않다

바다 한가운데에서 열린 공간을 온몸으로 느낀다.

하늘과 바다가 맞닿아 있고

세상의 한가운데 존재하는 자신을 느낀다.

아이들에게 사진은 더 이상 무의미하지 않다.

누군가에게 보여 주고 싶은 이야기를 담을 수 있기 때문이다.

©인사이트

생명의 빛

"빛이 강렬해요. 뭐랄까, 아까보다 훨씬. 눈부실 정도로."

범빈이는 강한 빛을 느꼈다.

빛은 생명이다.

이 순간, 범빈이는 살아 있음을 느낀다.

빛이 움직인다

보통 사람은 눈이 부시면 눈을 감는다.

시력이 있는 사람은 빛을 똑바로 바라볼 수 없다.

하지만 이 아이들은 고개를 들어 태양을 응시할 수 있다.

그리고 카메라의 렌즈로 빛의 움직임을 포착한다.

©인사이트

갈매기의 꿈

©인사이트

리처드 바크의 《갈매기의 꿈》은 '조나단 리빙스턴 시걸'이라는 갈매기의 이야기다. 일상을 탈출해서 더 먼 곳을 향해 날아가려는 조나단. 대부분의 갈매기는 나는 것보다 먹는 것을 중요하게 생각했다. 하지만 조나단은 그 무엇보다도 나는 것을 사랑했다. 온종일 새로운 방법으로 날아 보려고 시도하는 그를 이해하는 이는 없었다. 다른 갈매기들과 어울리지 못했고 부모조차 조나단을 이해하지 못했다. 그러나 조나단은 자신이 공중에서 무엇을 할 수 있는지 알고 싶을 뿐이었다. 가능성이란 아름다운 것이니까.

조나단은 연습을 거듭한 끝에 보다 높고 빠르게 날 수 있게 되었다. 고기잡이배와 해변 사이를 매일 단조롭게 오가는 대신 삶의 이유를 찾게 되었다. '나는 법을 배울 수 있다'는 깨달음을 얻은 날, 조나단은 갈매기 사회에서 추방되었다. 그러나 추방된 곳에서 자신처럼 나는 기쁨을 알고 있는 갈매기들을 만나게 되고 어른 갈매기에게 '완전함'의 의미에 대해서 배우게 된다. 완전함이란 한계가 없다는 것을 말이다.

"눈에 보이는 것을 믿지 말게. 눈에 보이는 것은 모두가 한계를 가지고 있으니까. 마음의 눈으로 이미 알고 있던 것을 찾아야 해. 그러면 나는 방법을 알게 될 테니."

갈매기 조나단은 이 말을 남긴 채 공중으로 홀연히 사라져 버린다. 자유를 얻은 것이다.

아이들은 많은 이들과 다르다. 조금 다른 방식으로 세상을 본다. 그리고 더 널리 본다. 시력을 가진 우리는 어쩌면 시야라는 틀에 갇힌 것은 아닐까? 눈앞의 것에 집착하다 눈이 멀어 버린 것은 아닐까?

강영호 작가는 아이들의 '어른 갈매기'가 되어 사진으로 완전함의 의미를 가르쳤다. 아이들은 저마다 나는 법을 연습하고 또 연습했다. 이제, 완전하며 자유롭게 훨훨 날아가기를.

ⓒ강영호

여행이 끝났다

어두운 세상에서
그 누구보다 빛을 내며 살아온 아이들.
고마운 사람들의 도움을 기억하는
여섯 아이들이 여행이
이렇게 끝났다.

쓸데없는 일

소정이는 카메라를 받은 후 눈을 찡그리며 렌즈를 들여다봤다. 처음 만지는 카메라가 낯선 듯했다. 낯설기는 종서도 예외가 아니었다.

"내가 작가 맞나, 작가 될 자격이 있나 하는 생각이 들었어요."

정완이가 말했다.

처음 이 여행에 대해 이야기했을 때 나는 '두렵고 쓸데없는 이야기'라고 했다. 성희는 "우리에게 사진이란 쓸모없는 것이다"라고 말했다.

그러나 여행이 끝날 때쯤 아이들은 고맙다고 말했다. 당연한 권리인데도 고맙다고 말하는 것은 어른들의 세상이 뭔가 잘못된 것일 터이다. 모두가 예술을 할 수 있다. 당당하고 떳떳하게 누구나 예술에 접근할 수 있어야 한다.

누구든 사진을 찍을 수 있다. 쓸데없고 쓸모없는 일이라고 해도 좋다. 사람이 어떻게 밥만 먹고 살겠는가? 문화와 예술을 만들고 인간 세상을 풍요롭게 한 것은 결국 '쓸데없는' 일이 아니었던가. 아이들이 쓸데없는 일을 더 많이 했으면 좋겠다.

좋아요!

임성희
2013년 12월 1일

바다 사진

👍 좋아요　　💬 댓글 달기　　➤ 공유하기
14명이 좋아합니다.

Aram Kim 우와~그림 같은 사진이네요! 어떻게 보면 힘차게 달려가는 사자 같기도… 하하!
2014년 1월 24일 오후 9:46

You Kyung Min 마음이 평온해지는 사진이네요~
2014년 1월 24일 오후 9:41

이한빛 아름답습니다! :)
2013년 12월 19일 오후 3:39

Hyejin Kim 보기만 해도 평화로운 광경이구나.
2013년 12월 9일 오후 12:50

최가연 풍경 멋지네요~~느낌 좋아요~
2013년 12월 5일 오전 11:19

Raam Kim 구름이 멋지다.
2013년 12월 2일 오후 7:17

김수영 구름이 태양을 가리고 있어요. ㅎㅎ
2013년 12월 1일 오후 3:49

이소정
2013년 12월 2일

바닷가 @@

👍 좋아요　　🗨 댓글 달기　　➤ 공유하기
31명이 좋아합니다.

 Beomseok Yoon 어디인지 몰라도 참 아름답네요.
2014년 1월 8일 오후 2:59

 Hyejin Kim 청록빛 바다가 너무 예쁘다! 진짜 잘 찍었음!!
2013년 12월 9일 오후 12:50

 정서영 날씨가 아무리 추워도 바다만 보면 가슴이 뻥 뚫리는 것 같아요. 아~~~~시원하다!
2013년 12월 8일 오후 5:36

 Eui-Hyun Hwang 바다는 육지에서 떠나는 건가요, 땅으로 올라오는 건가요? 질문하는 사진.
2013년 12월 7일 오후 4:29

 Lee Kyoung Joo 바다가 가장 아름다울 때는 역시 아무도 없을 때네요.
2013년 12월 6일 오후 5:04

 Dasol Choi 옥색 바다
2013년 12월 5일 오후 5:04

 최가연 바다색도 너무 이쁘고~ 사진도 이쁘게 잘 찍었네요~
2013년 12월 5일 오전 11:20

 이서호 아, 바다로 빠지고 싶게 만드는 사진이네요.
2013년 12월 4일 오후 11:29

 박현옥 바다네요~ 겨울에 봐서 그런지 추워 보이기도 한데 색이 너무 이뻐요.
2013년 12월 3일 오후 4:11

 김소라 바다 보고 싶어져요. 색감이 너무 좋아요.
2013년 12월 3일 오후 3:44

 김효주 바다 색이 너무 예쁘네요~
2013년 12월 3일 오후 12:28

 이애교짱 저도 바다 좋아해요~~~~겨울바다 보러 가고 싶어졌어요.
2013년 12월 3일 오전 9:51

 차지영 와~정말 에메랄드 빛 바다예요~
2013년 12월 2일 오후 6:51

 김태은 바다가 넘 예쁘네요.
2013년 12월 2일 오후 3:32

 최희재 꺄으~ 바다 보기만 해도 시원해지는 게, 소정 양 저도 지금 달려가고 싶어요. ㅋㅋㅋ
2013년 12월 2일 오후 2:51

EPILOGUE

손끝의 기적,
고맙습니다

때때로 흔들리고 아무것도 찍히지 않을 때도 있다. 추상화 같은 아이들의 사진은 때로는 눈보다 마음으로 봐야 잘 보인다. 감각에 집중해 그 순간을 담아낸 이 사진들에는 마음이 담겨 있기 때문이다.

보이지 않는 사람이 때로는 더 많이 본다. 눈이 아닌 다른 감각으로 사진 찍는 방법을 알게 된 아이들. 여행을 통해 아이들은 자신들이 정말 사진에 담고 싶은 것, 보고 싶은 것이 무엇인지 알게 되었다.

일상으로 돌아온 종서는 매일 엄마와 함께 집으로 돌아간다. 여행에서 돌아오자마자 종서는 엄마에게 카메라를 건네주었다. 여행하는 내내 엄마에게 보여주고 싶었던 사진들이다.

종서는 내친김에 엄마의 사진을 찍기 시작한다. 엄마는 아들 앞에서 기꺼이 모델이 되어 준다. 엄마 얼굴이 기억나지 않는다는 종서의 말에 엄마는 눈시울을 붉힌다. 그동안 아이가 불편할 것만 걱정해 왔는데 그런 생각을 하는지는 미처 몰랐다. 어리지만 속 깊은 아들이다.

종서가 엄마 얼굴을 더듬어 본다.

"눈…… 코…… 입, 있네."

"코가 오똑해, 엄마는. 안경도 썼어. 종서 상상 속에서 안경도 꼭 씌워 줘."

종서의 머릿속에 그려진 엄마의 모습은 어떨까?

엄마는 종서가 사진을 찍을 수 있을 거라고는 생각해 보지 못했다. 이번에 여행을 보내고서야 종서도 사진 찍는 것을 좋아했을 수도 있겠구나 하는 생각이 들었다. 좀 더 일찍 그런 것들을 경험하게 해줬으면 좋았을 텐데. 엄마는 자신의 기준으로만 생각했던 것 같아서 자꾸 미안해진다.

아이들은 만져 본 느낌을 보여 주기 위해 용기를 냈다. 들리는 소리를 보여 주기 위해 귀 기울였다. 그 순간마다 아이들은 온몸으로 집중했다. 사진에 자신의 마음을 담으려 노력하기도 했다. 카메라와 교감하고 찍는 대상에 집중하며 셔터를 누르는 순간, 세상이 열리고 타인이 느껴졌다.

그래서 우리는 아이들이 찍은 사진들을 보며 '손끝의 기적'이라고 말할 수 있다. 그러나 기적은 알아채지 못했을 뿐 언제나 우리 곁에 있었는지도 모른다. 아이들도 자신들이 손끝으로 무엇을 할 수 있는지 미처 알지 못했다.

그리고 지금, 아이들은 사진이라는 언어를 배우게 해줘서 고맙다고 이야기한다. 이제는 우리가 아이들에게 되갚아 줘야 할 때가 아닐까? 세상을 이토록 아름답게 보여 줘서 고맙다고 말이다.

언어가 하나 더 생겼다는 것은 세상이 또 하나 생겼다는 의미다. 카메라의 언어로 본 세상은 전혀 다르다. 그동안 현실 그대로를 찍어 내는 데 열을 올렸다면 이제 감각과 무의식이 이루어 낸 아이들의 언어에 귀 기울여 보자.

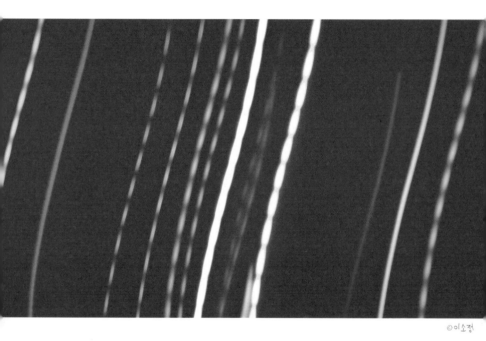

©이소정

3박 4일간의 여행이 끝났다.

세상을 만지고 듣고 느꼈던 시간.

세상의 빛을 쬐고 그 빛을 나눠 주었던 시간.

보는 자와 보이지 않는 자가 소통했던 시간.

아이들은 오늘도 카메라를 든다.

사진은 모두에게 공평하기에.

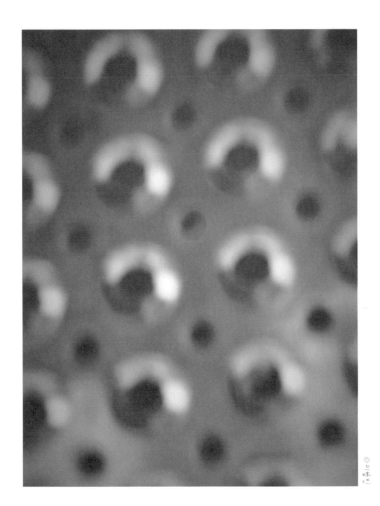

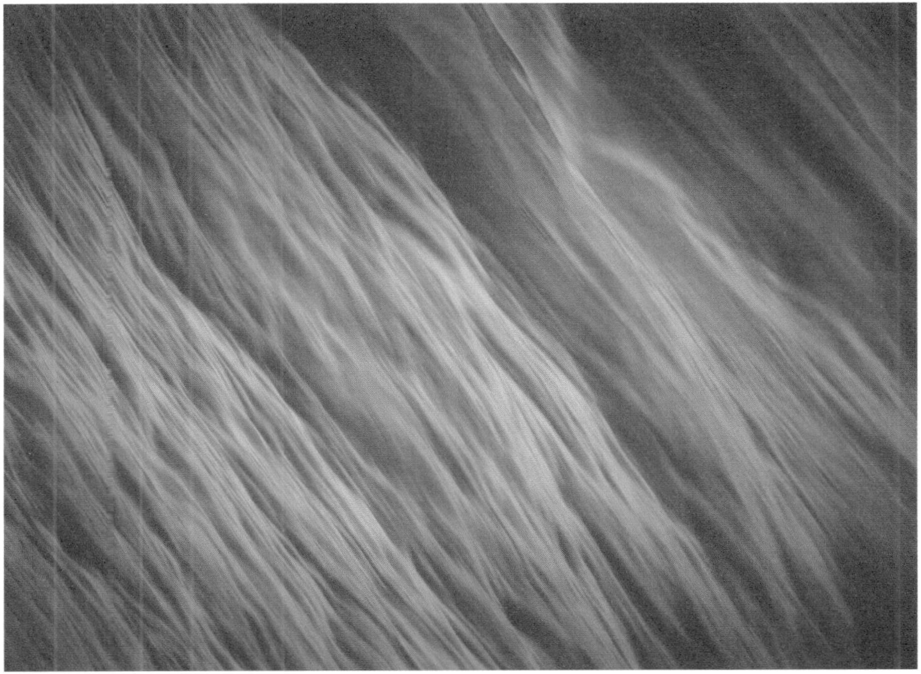

©신나라

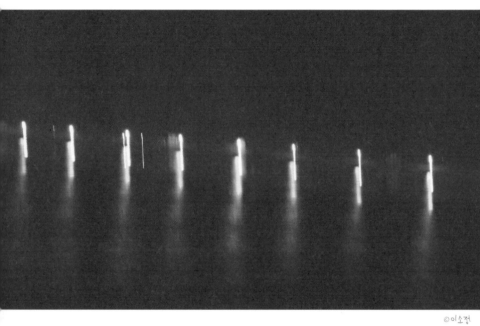

©이소정

©이소정

다녀왔습니다!

신나라

"사실 안 보이는 우리에게 뭘 기대하나 싶었어요. 이런
걸 왜 하는지, 시간 낭비라는 생각도 들었고요. 그런데
이번 여행으로 사진에 더욱 재미를 느꼈어요. 그동안은
만지고 느끼면서 기억하려고 애썼는데 이제 사진으로
저장할 수 있으니, 세상으로 가는 통로를 얻은 것 같아
요. 앞으로도 내가 좋아하는 걸 사진에 담을 거예요."

임성희

"이런 여행의 기회를 줘서 감사해요. 처음에는 보이지 않아서 답답했는데 사진을 찍으면 찍을수록 재미있어서 계속 찍었어요. 시력을 잃은 후, 혼자 걸을 수도 없고 글도 다른 사람이 읽어 줘야 해서 내가 할 수 있는 게 별로 없다고 생각했었죠. 하지만 이제 할 수 있는 게 많다는 걸 알았어요."

이소정

"일상으로 돌아가기 싫을 정도로 이번 여행이 무척 좋았어요. 마음껏 뛰어놀고, 양도 만져 보고, 폭죽 소리도 들었어요."

김종서

"내가 찍은 사진과 녹음한 것을 엄마에게 보여
주고 들려줬어요. 사진을 찍고 소리를 녹음해서
기억을 간직할 수 있어요. 그리고 그런 경험과
기억을 담아 와서 사랑하는 사람과 나눌 수 있어
서 기뻐요. 이번 여행으로 보이지 않아도 할 수
있는 일이 많다는 걸 알게 되었어요."

김정완

"처음엔 내가 사진을 찍을 자격이 있나 하는 생
각이 들었어요. 하지만 사진을 찍을수록 자신감
이 생겼죠. 내 감각을 믿게 되었고 보이지 않아
도 본다는 말의 의미를 알았어요."

이범빈

"사진을 찍는 것도 좋았지만 제가 찍은 사진을 페이스북에 올리면 사람들이 반응해 주는 것이 정말 기뻤어요. 제가 보고 느낀 걸 공유하고 사람들이 공감해 주는 건 멋진 일이에요."

인사이트 캠페인을 소개합니다

사진이 처음 발명되었을 때는 기록을 하는 도구에 지나지 않았다. 화가들이 그림을 그리기 위한 자료로 사용했고 사진만으로는 예술이 될 수 없었다. 그러나 이제 사진은 예술의 한 장르로 당당히 자리 잡았다.

그렇지만 있는 그대로를 재생산하는 데 그친다면 그것은 기록일 뿐 예술은 아니다. 그저 삼각대를 세워 카메라를 놓고 찍는다고 다 예술이 되진 않는다. 여기에는 사람의 시각이 필요하다.

사진을 찍는 데는 빛의 양과 초점 등 많은 요소가 작용한다. 그러나 결국 사진은 네모난 작은 프레임 안에 '무엇을 어떻게 담느냐'의 문제다. 기술은 배워 습득할 수 있지만 무엇을 포착하고 어떻게 담느냐는 배워서 되는 것이 아니기 때문이다. 그래서 똑같은 것을 보고 사진을 찍어도 저마다 다른 장면이 연출된다. 본다고 해서 다 똑같이 보는 것이 아니다.

"우리는 보통 사진을 시각적인 작업이라고 생각하는데 사실 가장 중요한 것은 상상력입니다. 무엇을 보느냐가 아니라, 무엇을 알고 느끼느냐가 더 중요해요. 자신이 느끼는 것, 그 상상력을 표현하는 것이 중요한 거죠."

강영호 작가의 말처럼 인사이트 캠페인은 아이들에게 자신의 상상력을 표현할 수 있는 기회를 주고 싶다는 생각으로 시작되었다. 앞을 보지 못하는 아이들이 카메라를 잡았을 때 무엇을 어떻게 담을지 궁금했다. '상상은 지식을 넘어선다'는 아인슈타인의 말처럼 앞이 보이지 않는 아이들에게는 아무도 따라 할 수 없는 특별한 눈이 있을 거라고 믿었다.

마음의 눈으로 담은 세상

첫 캠페인은 삼성전기의 기원으로 2012년 1월에 시작되었다. 강영호 작가가 한빛 맹학교의 한 교실을 찾아 아이들에게 카메라 조작법을 가르쳤고 2월에는 열한 명의 아이들과 제주도로 2박 3일간의 사진 여행을 떠났다. 이곳에서 아이들이 마음의 눈 Insight으로 직접 촬영한 백여 장의 사진들은 3월, '인사이트전insight展'이라는 이름의 전시회로 사람들을 만났다.

'마음의 눈으로 담은 세상을 함께 느껴요'라는 큰 주제 아래 '만져, 보다', '느껴, 보다', '들어, 보다'의 세 가지 테마로 전시되었다. '만져, 보다'는 한빛 맹학교 학생들이 사물을 만지며 촉감으로 촬영한 사진, '느껴, 보다'는 하늘, 바람 등을 느끼며 촬영한 사진, '들어, 보다'는 세상의 소리를 들으며 촬영한 사진이 전시되었다.

장애인과 비장애인이 함께할 수 있는 체험 공간도 마련하여 소통의 장을 열었다. 어둠 속에서 냄새, 바람, 소리만으로 바다를 체험하는 공간이었는데, 시각 장애인과 비장애인이 하나의 공간에서 같은 느낌을 나누는 따뜻한 경험을 제공했다.

아이들이 카메라를 통해 자신의 세계를 표현하고 세상과 소통할 수 있는 기회를 만든 이 캠페인은 세계 광고 페스티벌에서 역대 최다 수상 기록을 세웠다. '2013 아시아태평양 광고 페스티벌애드페스트, ADFEST'에서 금상 4개를 수상하는 등 모두 11개의 본상을 수상한 것이다.

손끝의 기적, 함께 나누는 세상

2013년 두 번째 인사이트 캠페인이 시작되었다. 이번에는 페이스북과 유튜브 등 SNS 매체를 적극 활용해 사람들에게 더욱 가까이 다가갔다. 캠페인에 참여할 시각 장애 아이들의 페이스북 페이지를 만들었고 소개 영상을 유튜브에 올렸다.

그리고 2013년 겨울, 3박 4일간 여섯 아이들과 강영호 작가가 사진 여행을 떠났다. 강원도 평창의 대관령 양떼목장과 눈썰매장, 삼척의 바닷가에서 끝없이 펼쳐진 눈 밭과 발끝에 닿는 파도 소리, 폭죽 소리를 사진으로 담아냈다. 밤하늘을 밝히는 불 꽃, 자신과 친구들의 모습도 사진에 담았다. 이 여정은 다큐멘터리로 만들어져 2013 년 12월 17일 KBS1에서 〈손끝의 기적, 고맙습니다〉라는 제목으로 방영되었다.

여행 동안 아이들은 스마트 디바이스 갤럭시 S4 Zoom으로 직접 찍은 사진을 실시 간으로 페이스북에 올리고 사람들의 반응을 보며 즐거워했다. 많은 이들이 '좋아요' 를 누르거나 감상평을 댓글로 달며 아이들을 응원하고 소통함으로써 '비주얼 커뮤니 케이션Visual Communication'이 무엇인지 보여 주었다. 아이들이 찍은 사진들과 이야기 를 엮어 책으로 출간한 데 이어, 2014년 2월 삼성 블루스퀘어 네모관에서 사진 전 시회insight展 2도 개최할 예정이다.

인사이트 캠페인은 우리 사회 시각 장애인들에게 표현과 소통을 위한 희망을 열어 주고자 했다. 앞을 볼 수 없는 많은 이들이 카메라를 통해 새로운 소통의 가능성을 경험할 수 있기를 바란다.

니체는 '창조는 괴로움의 극복'인 동시에 '삶의 위로'라고 했다. 아이들은 창조의 도 구 하나를 얻었다. 남들과 조금 다름에서 오는 고민과 외로움을 극복해 가는 데 사진 은 큰 힘이 되어 줄 것이다. 또 아이들의 사진을 보는 우리에게는 삶의 위로가 될 것 이다.

여섯 아이들의 목소리가 담긴
미니 다큐멘터리를 감상해 보세요.

손끝의 기적

1판 1쇄 발행 2014년 2월 10일
1판 3쇄 발행 2014년 11월 20일

지은이 인사이트 캠페인을 만드는 사람들
펴낸이 김성구

단행본부 박혜란 박유진 이미현 양숙현 김민기 김동규
디자인 여종욱 문인순
제 작 신태섭
마케팅 최윤호 손기주 송영호 차안나
관 리 김현영

진 행 조창원
외주디자인 NOSTRESS 민유경

펴낸곳 (주)샘터사
등 록 2001년 10월 15일 제1-2923호
주 소 서울시 종로구 대학로 116 (110-809)
전 화 02-763-8965(단행본부) 02-763-8966(영업마케팅부)
팩 스 02-3672-1873 **이메일** book@isamtoh.com **홈페이지** www.isamtoh.com

ISBN 978-89-464-1862-2 03810

이 도서의 국립중앙도서관 출판시도서목록(CIP)은 e-CIP 홈페이지
(http://www.nl.go.kr/cip.php)에서 이용하실 수 있습니다. (CIP제어번호: CIP2014002752)

값은 뒤표지에 있습니다.
잘못 만들어진 책은 구입처에서 교환해 드립니다.